Le *faussaire* de Pont-l'Abbé

Cet ouvrage de pure fiction n'a d'autre ambition que de distraire le lecteur. Les événements relatés ainsi que les propos, les sentiments et les comportements des divers protagonistes n'ont aucun lien, ni de près, ni de loin, avec la réalité, et ont été imaginés de toutes pièces pour les besoins de l'intrigue. Toute ressemblance avec des personnes ou des situations existant ou ayant existé serait pure coïncidence.

Patrice ROUSSEAU

Le *faussaire* de Pont-l'Abbé

Collection

ENQUÊTES & SUSPENSE

Quadri Signe - Éditions Alain Bargain
125, Vieille Route de Rosporden - 29000 Quimper
E-mail : editions.alain.bargain@wanadoo.fr
Site Internet : perso.wanadoo.fr/editions.bargain

A Marine…

I

Août.

La toile était identique à celle qu'il avait toujours vue depuis qu'il travaillait au musée. Mais il y avait cette feuille d'acanthe en bas du cadre. Il aurait juré l'avoir toujours vue au-dessus.

Le *Rendez-Vous des Muses*, de Watteau. Une huile sur toile de 1717, peinte par le maître en hommage à madame de Verdier qu'il avait représentée sous les traits de la gracieuse Clio. Le jeune conservateur-adjoint du Musée de Picardie avait longuement observé le tableau la veille au soir, après la fermeture du musée. Tout dans l'étalement des couleurs, le tracé du pinceau, indiquait qu'il s'agissait du Watteau qu'il avait toujours vu accroché là.

Après avoir désactivé le système de sécurité et décroché le tableau, il l'avait retourné. La date d'achèvement et la signature étaient bien là, entre les liernes. De la main même du maître, sur la toile de lin jaunie. Tout semblait en ordre. Il s'apprêtait à replacer la toile au mur, lorsque son attention fut attirée par une senteur inhabituelle. Le jeune conservateur approcha son nez de la toile et renifla… un relent de parfum épicé. Une odeur ancienne, passée, mais qui avait dû être forte. Quel parfum avait bien pu laisser là son empreinte poivrée ? C'est à ce moment-là qu'il remarqua que les clous qui maintenaient le tableau à l'encadrement étaient en inox.

D'abord convaincu d'avoir trouvé là matière à confirmer ses doutes, il s'était ensuite ravisé en se disant que le cadre avait fort bien pu être restauré dernièrement. Mais durant la nuit, son intuition l'avait de nouveau taraudé. Il avait alors téléphoné à son ami Luillier qui tenait une galerie à Paris. Et après avoir essuyé une bordée d'insultes, il lui avait demandé s'il procédait souvent à l'authentification des toiles qu'il exposait.

— Bien entendu. Surtout pour les tableaux antérieurs au XIXe siècle. Bien sûr je n'ai jamais eu l'opportunité d'expertiser des toiles de grands maîtres. Mais tout de même, il n'est pas rare qu'on ait à vendre des peintures du XVIIe ou du XVIIIe. Des Morand ou des Boissier par exemple.

Personnellement, je procède alors à une vérification au spectromètre électrothermique. L'appareil révèle si la toile contient un pigment, après avoir été réglé sur la longueur d'onde du pigment en question. Si on cherche à révéler du titane par exemple, employé dans les bleus uniquement depuis les années cinquante, on règle l'appareil sur la longueur d'onde du titane, on le passe devant la toile et s'il y en a, les molécules s'échauffent et cela ressort. Fluorescent. S'il s'agit d'un tableau censé dater du XIXe, on est alors sûr qu'il s'agit d'un faux. L'analyse est infaillible et elle évite tout prélèvement de matière sur la toile.

— Je comprends. À propos, est-ce que tu sais si l'un des produits utilisés dans la préparation des toiles ou des couleurs peut dégager une odeur d'épice ?

— Une odeur d'épice ? Non, ça ne me dit rien.

— Bon. Et cet appareil, c'est onéreux ?

— Très ! Tu es toujours sur Amiens, au Musée de Picardie ?

— Oui.

— Écoute, tu n'es qu'à deux heures de Paris. Si tu veux, tu peux descendre le chercher demain à la première heure. Je te le prêterai pour la journée.

— Formidable ! Pour une toile du XVIIIe siècle, tu me conseilles de rechercher quel pigment ?

— Quel peintre ?

— Watteau.

— Si les faussaires sont habiles, ils ont eu recours à des pigments traditionnels au lieu des pigments synthétiques utilisés seulement depuis l'après-guerre. Mais difficile pour eux de s'en tenir exclusivement aux pigments en vogue au temps de Watteau. Pour les verts, on avait à l'époque recours à "la terre verte", mais comme il vieillit très mal, il y a fort à parier que les faussaires auront utilisé un pigment moins ancien, type oxyde de chrome. Or, l'oxyde de chrome n'est utilisé dans les pigments du vert que depuis la seconde moitié du XIXe siècle. Si le tableau réagit à l'oxyde de chrome, alors c'est un faux.

*

* *

Quand Luc Fourrier pénétra dans le bureau du Conservateur Principal du Musée de Picardie, le lendemain matin, il avait encore sur le front l'énorme paire de lunettes noires fournie avec le spectromètre.

— Mais qu'est-ce qui vous prend, Fourrier ? Vous avez perdu la tête ! Vous n'avez même pas frappé !

— Monsieur le conservateur, on a un problème avec le *Rendez-vous des Muses* !

— Qu'est-il arrivé au Watteau ? Quinze jours avant le centenaire du musée !

— J'ai expertisé la toile. Il s'agit d'un faux !

— Ah. vous m'avez fait peur. J'ai cru qu'il lui était arrivé quelque chose.

— Mais il lui est arrivé quelque chose ! On l'a dérobé et remplacé par une copie.

— Fourrier, calmez-vous. Vous dites n'importe quoi ! Allons voir ça.

Pendant que le conservateur-adjoint et le conservateur principal descendaient les deux étages qui les séparaient de la salle des peintures du XVIIIe, Luc Fourrier expliqua de quelle façon et au terme de quelles expertises, il avait découvert la supercherie.

— Vous lisez trop *Arsène Lupin,* mon cher... Et enlevez ces lunettes de votre front, Fourrier, tous les agents vous observent !

— Euh... Oui... Voyez-vous c'est grâce à ces lunettes que la réaction fluorescente m'est apparue. Le Watteau contient du chrome et il ne devrait pas !

— Nous verrons, nous verrons...

Une fois dans la salle, le conservateur principal découvrit le spectromètre électrothermique au pied du *Rendez-vous des Muses*. Il était branché à l'aide d'une rallonge qui traversait toute la salle. Deux agents de sécurité étaient là, à côté de l'appareil, et regardaient venir les deux conservateurs. On eût dit qu'un voleur venait d'être pris sur le fait.

— Mais qu'est-ce que vous racontez, Fourrier ? Il s'agit bien du Watteau !

— Non monsieur, l'analyse est infaillible. Elle révèle la présence de pigments qui n'ont été utilisés par les peintres qu'au milieu du XIXe siècle...

— Laissez-nous, Messieurs.

Le conservateur principal fit signe aux deux agents de quitter la pièce et attendit qu'ils soient sortis.

— Le plus extraordinaire c'est que nous avons affaire à une copie exceptionnelle ! continuait Fourrier, exalté par sa découverte. Nulle différence avec l'original. Si les voleurs n'avaient pas remis le cadre à l'envers, je ne m'en serais jamais rendu compte...

— Mon petit Fourrier, laissez-moi vous expliquer deux ou trois choses... l'interrompit son supérieur. Le Vrai... le Faux... Tout ça c'est bien joli... Mais c'est une vraie question pour un faux problème ! Voyez-vous, ce Watteau, c'est l'orgueil de notre musée, sa fierté. La seule véritable toile de maître que nous possédons. Si nous avons des visiteurs, c'est grâce à lui. Si nous jouissons d'une reconnaissance, en tant que conservateurs, c'est encore grâce à lui, et à quelques autres. Les gens viennent aussi au musée pour voir des "stars"... Et nous sommes avant tout un service public, nous nous devons d'offrir une part de rêve aux curieux qui viennent nous rendre visite. Or, ces gens que voient-ils lorsqu'ils sont devant ce tableau ? Ils n'ont pas de lunettes infrarouges, eux, ils ne voient pas de pigments de chrome fluorescents ! Ils voient un Watteau et cela les fait rêver ! Je n'ai aucune envie de briser cette part de rêve... Dix jours avant les célébrations du centenaire de notre musée ! Vous imaginez le scandale ! Je ne vous ferai pas l'injure de vous demander si vous êtes sûr d'avoir bien utilisé ce spectromachinchose pour la première fois de votre vie, mais... je vous demanderai de bien vouloir remettre ce tableau en place et de ne plus vous préoccuper de son authenticité. Deux mois avant la fin de votre stage et votre validation comme conservateur titulaire, n'allez pas tout compromettre…

Le vieux conservateur s'approcha de son subordonné qui l'écoutait le visage déconfit et lui posa le bras sur l'épaule. Ils se détournèrent tous deux lentement du Watteau et firent face à *La vue du château de Dresde*.

— Nos collections modernes ne cessent de prendre de l'importance et je me disais justement que nous aurions besoin d'un nouveau conservateur pour réorganiser l'espace contemporain et le mettre en valeur. Accueillir le jeune public etc. Je ne vous cache pas que je vous trouvais toutes les dispositions pour ce poste. Je pourrais soumettre l'idée à la municipalité et appuyer votre candidature. Je ne doute pas qu'on m'accorde la création de ce nouveau poste de conservateur. Qu'en dites-vous ? Nous pourrions envisager cela… disons, pour la prochaine rentrée…

II

Septembre.

La rentrée parlons-en.

Prof, tu parles d'un titre !

La considération pour le métier s'en est allée avec la terminaison.

Autrefois on était respectés, estimés. Instituteur, le hussard noir, l'icône républicaine. Professeur, l'autorité du village, le notable de gauche. Les ploucs soulevaient leurs chapeaux. Fini ce temps-là. Aujourd'hui t'es "prof".

On dirait une onomatopée.

Pif, plouf, prof.

Il n'y a qu'à voir les conditions dans lesquelles j'ai fait ma rentrée. « En définitive vous n'êtes pas affecté au lycée Chaptal pour cette année, monsieur Le Noac'h... » La voix mielleuse de la DRH du rectorat. « En définitive » Deux jours avant la rentrée ! Ça doit être ça que le ministre appelle « redonner au maître la place qui lui revient. »

Face à mon inquiétude du lendemain, une autre

réponse toute faite : « La division du remplacement vous avertira en temps utile, monsieur Le Noac'h… »

J'ai eu du mal à en trouver le sommeil. D'autant qu'à vingt-deux heures, Béa me tirait lâchement de ma somnolence en venant se déshabiller sous mes yeux – ce qui nous a menés jusqu'à vingt-deux heures trente-sept – qu'à minuit quarante-six, Louise se mettait à hurler, je n'ai toujours pas compris pourquoi ; qu'à deux heures dix-huit, Anna venait me demander un verre d'eau ; et enfin qu'à six heures trente-neuf, Emmanuelle branchait sa radio, texto : « parce qu'elle n'arrivait pas à dormir » !

Bref, une nuit tarif famille nombreuse.

Avec ça, pas étonnant qu'au petit matin mes paupières me fassent l'effet de vieux volets métalliques. Pourtant il fait déjà jour et le soleil brille. Si mes gosses étaient un peu plus dévouées, ça pourrait ressembler à une pub pour la chicorée.

L'odeur du pain grillé a dû monter jusque dans les chambres, j'entends des pas à l'étage. C'est la grande qui descend la première, habillée, peignée, pomponnée comme il faut pour un jour de rentrée. Elle se pince les lèvres en descendant, elle doit craindre que je la chambre un peu, du fait que ça n'est pas dans ses habitudes d'avoir une heure d'avance le matin. Je pige les raisons de son empressement, elle angoisse pour sa rentrée en sixième, elle n'a pas envie d'être en retard, donc je ne dis rien. Puis vient le tour de la cadette, l'antithèse de la précédente, pieds nus, coiffée comme un dessous de bras, une barrette de la veille encore dans les tifs et le pyjama de traviole, l'herbe folle. La benjamine arrive ensuite, quasiment à quatre pattes. Celle-là, pas besoin de lui faire chauffer du lait Candia. Elle a déjà fait le plein là-haut. C'est Maman qui régale. J'entends son ventre faire glouglou d'ici, elle assistera au "ptit déj" en spectatrice.

De les voir défiler ainsi, mes filles, ça me fait penser à un film sur l'évolution, mais à l'envers. De l'homo sapiens au pithécanthrope, en passant par l'homo habilis. D'autant que le défilé se termine par Béatrice, l'origine de tout ce petit monde, la matrice originelle, la cellule primitive.

Le déjeuner englouti, les mômes sont parties à jouer. J'ai beau leur rappeler qu'il y a école et qu'on n'a pas le temps de s'amuser, qu'un coup de main pour débarrasser ne serait pas superflu, il n'y a rien à faire, j'entends les coffres à jouets se vider de leur contenu à l'étage. Emmanuelle, elle, est assise sur le canapé, son cartable à ses pieds, son manteau sur les épaules, on dirait qu'elle attend le bus. Au milieu du salon, ça fait un drôle d'effet. Je monte voir où en est le Legoland au premier quand je croise Béa dans l'escalier. Elle est déjà prête. Elle m'annonce qu'elle part un "peu" en avance pour faire des photocopies à l'école. « Des loups et des petits agneaux » pour ses bambins.

Pour Béa, semaine des quatre jours oblige, la rentrée a déjà eu lieu une semaine plus tôt. Le vingt-six août ! Pour Anna aussi donc, en CP. Seule, Emmanuelle a bénéficié d'un supplément de vacances. Jusqu'à aujourd'hui, jour de son accession au collège.

Quant à moi, je devais commencer ce jour au lycée Chaptal – c'était prévu comme ça depuis fin juin – mais ça, c'était avant le coup de téléphone du rectorat. Heureusement que je ne suis pas du genre à passer tout l'été à préparer des cours. C'eût été pour rien. Moi qui me faisais une joie de revenir dans mon Finistère natal enseigner le français aux petits Bretons après deux ans en banlieue parisienne… la fête est gâchée. Pas au point de me faire regretter le collège Pablo Neruda de Trappes, cela dit.

Trappes, quand j'y repense. Il faut y être passé pour comprendre.

Après avoir longuement embrassé sa grande fille et lui avoir souhaité une bonne rentrée, Béatrice claque la porte et part au travail. À moi de gérer la crèche. Je mets bien une heure à débarbouiller, coiffer et habiller les deux petites. Pour ce qui est des vêtements, pas de problème, 16/20. En revanche pour les coiffures, c'est autre chose. Même en notant large, je ne me mettrais pas plus de 6. C'est Emmanuelle qui corrige en bas, devant le placard à chaussures. Y a pas à dire, les couettes, chignons et autres queues de cheval, les filles ont ça dans le sang, dès leur plus jeune âge. Emmanuelle a rétabli de la symétrie dans les couettes d'Anna et inséré tous les cheveux de Louise sous sa barrette. La coiffure c'est comme la géométrie, c'est au degré près. Ça doit être pour ça que j'ai un peu de mal.

Une fois toute la troupe apprêtée, c'est parti pour l'expédition scolaire. Bébé dans la poussette, les deux grandes cartable au dos, direction la rue des Écoles. D'abord déposer Anna, ensuite Emmanuelle.

— Dépêchez-vous les enfants, vous allez être en retard à l'école !

Le collège Ker Mor de Pont-l'Abbé est de style cubiste, entendez qu'il s'agit d'une de ces merveilles de l'architecture des années 60 : deux cubes de béton de 3 étages reliés entre eux par un couloir vitré et au-devant desquels se présente, flanqué de poteaux cylindriques en béton armé, un préau dont le mur principal est recouvert d'une fresque à dominante orange et de vert, réalisée par les élèves de 5e E en 1984. Laquelle fresque représente l'école de l'an 2000, avec des voitures volantes (inévitables), une construction sphérique figurant le collège du XXIe siècle et des élèves en combinaisons spatiales.

Fresque que je connais d'ailleurs très bien, puisque le collège Ker Mor fut mon collège avant d'être celui de ma fille. Je me souviens encore de la fougue de notre professeur d'arts plastiques lorsque celui-ci nous avait annoncé que nous allions décorer "nous-mêmes" la façade du préau ! Vingt ans plus tard, j'ai du mal à être nostalgique.

Grande nouveauté par contre, l'annexe en verre et aluminium jointe au bâtiment principal depuis peu, destinée à la formation générale des élèves du Lycée Maritime.

Dans la cour, c'est déjà la cohue, de nombreux parents attendent avec leur enfant tiré à quatre épingles. Ça me fait un drôle d'effet d'être de ce bord de la barrière.

Je suis en train de faire signe à ma grande qui s'en va avec sa classe – 6e B – quand *La chevauchée des Walkyries* se met à résonner dans la cour du collège. Tous les parents présents se retournent dans ma direction, les yeux chargés de reproches. Je me demande pourquoi. Auraient-ils reconnu en moi l'un des auteurs de la fresque de l'école de l'an deux mille ? Mais non, J'y suis ! ils ont compris avant moi qu'il s'agissait de la sonnerie de mon téléphone portable. Je quitte l'assemblée des parents en fouillant dans mes poches et je décroche au moment où les cymbales s'apprêtent à répondre au cor. Aussitôt, je reconnais la voix de Béa :

— Achille ? Il est arrivé quelque chose de très grave à l'école…

Je n'en entends pas plus, Béa se met à pleurer à l'autre bout du fil. Aussitôt, je pense à Anna. Je gamberge à cent à l'heure. Il lui est arrivé quelque chose et l'école a prévenu Béa directement alors que je ne suis qu'à cinquante mètres de ladite école. Et maintenant c'est au tour de Béatrice de me mettre au courant.

— Qu'est-ce qui s'est passé ?

Elle n'a pas encore repris sa respiration que je suis déjà en train de cavaler en direction de l'école primaire, la poussette dans une main, le portable dans l'autre au risque de faire chavirer Louison vautrée dans sa pagode !

— Ça s'est passé ce matin... quand les parents amenaient les enfants dans la classe. Les gosses étaient presque tous là, il y a eu un accident... Un père qui venait juste de déposer sa fille s'est fait écraser dans la rue...

Je pile brusquement ! Heureusement que Louise est attachée.

— Dans “ton” école ?

— Oui... Ici, à Tréméoc.

Soulagement égoïste. Il n'est rien arrivé à Anna.

— On a entendu le coup de frein et le bruit du choc jusque dans la classe... C'était horrible... Je l'entends encore... Les quelques parents qui étaient là sont sortis. Je me suis retrouvée toute seule avec les enfants. Ils étaient tous figés sur place, la tête tournée vers les fenêtres qui donnent sur la rue. Je me suis approchée d'eux et je les ai rassurés. Trois minutes plus tard, madame Flûte, la directrice, est venue me prendre à part dans la classe. C'est là qu'elle m'a expliqué : le père de la petite Marie Guirriec venait de se faire renverser par un chauffard qui ne s'est même pas arrêté !

Béa resanglote. Je suis suspendu à ce qu'elle me raconte.

— La petite était en train de jouer dans le coin des poupées, son père était mort vingt mètres plus loin sur la route… Tu te rends compte ?

Non pas trop. Au téléphone, c'est dur. C'est comme ça, les portables, les catastrophes te tombent dessus en temps réel. Pas le temps de se préparer. Tu fais tes courses au supermarché. Ça sonne. Le rayon surgelé résonne de *La lettre à Élise*. Quand tu passes aux caisses, t'es veuf !

Je bafouille quelques paroles rassurantes à Béa. Je ne sais trop quoi lui dire. Je reste là pétrifié devant la simplicité de l'horreur de ce qu'elle vient de me raconter.

Un papa qui court. Une petite fille qui joue. Une voiture. La mort. Tout ça tient en quelques mots.

— Le SAMU a essayé de le ranimer pendant vingt minutes sur le bord de la route. Ça n'a pas marché. Monsieur Guirriec est mort quasiment sur le coup. Une demi-heure plus tard, j'ai vu la maman entrer dans la classe… On l'avait prévenue à son travail. Elle a pris sa fille dans ses bras et elles sont parties…

— Tu vas tenir le coup ?

— J'sais pas. Je ne peux pas rentrer à la maison ce midi. Les enfants et moi, on a été pris en charge par une psychologue… Comme ces trucs qu'on entend à la radio après les attentats. “Cellule psychologique”. La police est là aussi. Ils posent plein de questions à tout le monde. Ils sont surexcités. Tu sais, j'ai l'impression que les flics ont vraiment envie de mettre la main sur le chauffard. Monsieur Guirriec, c'était presque un des leurs après tout.

— Comment ça ?

— Tu te souviens pas ? Il était douanier.

*

* *

« La division du remplacement vous avertira en temps utile, monsieur Le Noac'h… ». Les paroles de la secrétaire de la DRH résonnent encore dans mes oreilles tandis que je subis le roulis de mon hamac. Une semaine et demie après la rentrée, je m'interroge sur le sens de l'expression « en temps utile ». Je m'interroge à l'horizontale. Dans mon bureau. Ne serait-ce pas le moment de reprendre l'un de mes nombreux projets d'écriture ?

— Papa ?

— Oui ?

— Je te dérange ?

— Mais pas du tout…

— Tu lis ?

— Je réfléchissais à vrai dire…

— Papa, c'est à propos de monsieur Le Moal…

— Qui est-ce ?

— Mon professeur d'arts plastiques.

— Qu'est-ce qu'il a ?

— Ben… il est un peu spécial… Ça fait deux fois qu'on l'a et, dans ses cours, c'est toujours le bazar…

— Ah…

— Oui, les élèves n'arrêtent pas de faire les andouilles, et lui, il ne dit rien…

— Et c'est vraiment le bazar ?

— Tu peux pas t'imaginer… Les redoublants, ils nous avaient prévenus, mais je pensais pas que ce serait à ce point-là… En plus, on ne comprend rien à ce qu'il raconte…

— C'est embêtant, effectivement. Mais peut-être ne faites-vous pas assez d'efforts de votre côté ?

— Je me doutais que tu dirais ça. Si tu me crois pas, t'as qu'à écouter, je l'ai enregistré.

— Comment ça, enregistré ?

— Ben oui… Avec le mini CD que m'a offert Mamick pour mon anniversaire. J'ai enregistré le cours.

— Tu as emporté ton enregistreur CD en classe pour enregistrer ton prof ?

— Non je l'avais pas pris pour ça. C'était pour rigoler avec Manon ; mais quand ça a commencé à mal tourner, j'ai eu l'idée d'enregistrer le prof.

Emmanuelle dépose son lecteur-enregistreur sur mon bureau et me tend un écouteur. Puis elle appuie sur lecture :

— J'ai calé l'enregistrement sur le passage intéressant.

Aussitôt un brouhaha inonde mon conduit auditif. Un mélange de cris, de bruits et de conversations à voix haute. Un brouhaha au milieu duquel une voix tente désespérément de se faire entendre : celle de monsieur Le Moal.

Il règne dans sa classe un vacarme de gare de triage. Dire qu'il manque d'autorité est un euphémisme. Le Moal se fait bordéliser façon émeutes de Los Angeles.

Après m'être accoutumé au bruit, je perçois son discours. Il parle lentement, bas, en décalage total avec la surexcitation de l'auditoire.

« Copier est plus complexe que créer ex-nihilo. Le copiste doit se poser plus de questions que l'artiste, car il doit refaire ce que l'artiste avait fait avant lui et ajouter les effets du temps sur l'œuvre… de l'usure… de l'érosion ; vieillir son matériau, patiner ses couleurs, en adoucir les teintes… Et puis il faut être génial pour reproduire le génie de telle sorte que tout le monde s'y méprenne. Et tout cela sans marquer l'œuvre de sa patte personnelle car le faussaire est un artiste anonyme, qui ne peut revendiquer aucune notoriété publique… »

La suite devient inaudible. J'enlève les écouteurs de mes oreilles. Je suis effaré.

— Mais qu'est-ce qui t'as pris d'enregistrer ton prof ? Tu n'as pas le droit de faire un truc pareil ! Tu te rends compte si Le Moal s'en était aperçu… ?

— Mais, Papa, on s'en fiche de ça, c'est pas ça qui compte. T'as entendu ce qu'il dit ?

— Non j'ai pas bien entendu ! Figure-toi qu'on n'entendait pas très bien la leçon ! Je ne vous félicite pas, les 6e B ! Manquer de respect à un enseignant à ce point, c'est un scandale ! Personne ne l'écoute ! Sauf toi qui l'enregistres !

— Mais qu'est-ce que j'y peux ? Ce n'est pas ma faute s'il n'arrive pas à se faire respecter et s'il y en a qui en profitent ! Ce n'est pas ça que je voulais te dire ! Enfin ! Ce qu'il dit à propos des faussaires… C'est louche, non ?

— Louche ? Mais non bien sûr ! Ça prouve seulement qu'il essaie de vous donner des rudiments d'analyse artistique ! Seulement avec des guignols comme ceux de ta classe, autant essayer de faire découvrir l'art baroque à un troupeau de gnous !

— Avec vous les profs c'est toujours pareil, c'est toujours les élèves qu'ont tort ! vagit ma fille avant de claquer la porte du bureau.

*

*   *

Le lendemain matin, la sonnerie du téléphone résonne de trop bonne heure pour que ce soit une bonne nouvelle. Mercredi matin. Shabbat comme qui dirait. Il est 8 heures 27 et la secrétaire de la DRH me fixe sur mon sort :

— Monsieur Le Noac'h ? Vous êtes affecté pour un remplacement de congé parental, au collège Ker Mor de Pont-l'Abbé pour un demi-service et au lycée du même nom pour y effectuer un autre demi-service, en complément.

Pour être affecté, je suis affecté. Le ciel me tombe sur la tête.

D'abord, j'accuse le coup du double poste, collège “et” lycée. Puis je réalise que je vais me retrouver dans le même établissement que ma fille ! Qu'on va se lever le matin pour aller ensemble à l'école et peut-être même que… que je vais l'avoir en classe !

Je ne suis pas prêt à vivre un truc pareil. Je commence à frémir mais je me ressaisis. Il faut en avoir le cœur net. Je monte les marches quatre à quatre. Vu qu'il en comporte 16, autant dire qu'en quatre enjambées je suis à l'étage. J'entre dans la chambre d'Emmanuelle.

— Qu'est-ce que c'est ? Tu m'as fait peur !

— C'est rien, t'inquiète pas, j'ai juste un truc à te demander. Ta prof de français, elle n'est pas absente ?

— Quand ça ?

— Eh bien, hier, on ne t'a pas annoncé qu'elle serait absente ces jours-ci ?

— Non, elle ne nous a rien dit. Pourquoi, on n'a pas cours ?

— Et elle est en bonne santé ?

— Quoi ?

— Je veux dire, tu ne l'as pas trouvée un peu fatiguée ou irritable, ta prof ? Tu ne sais pas si les années précédentes, elle a été absente régulièrement par hasard ?

— Madame Gibert ? J'en sais rien moi. Elle ne m'a pas donné son carnet de santé ! Mais pourquoi tu me poses toutes ces questions ?

— Au fait, c'est quoi ta sixième ?

— La 6e B. Pourquoi tu me demandes tout ça ?

— Pour rien, pour rien. Rendors-toi.

Si je dois me retrouver face à ma fille en classe, autant être sûr avant de le lui apprendre. Je redescends donc les marches et je me rends dans mon bureau pour appeler le collège Ker Mor. Il n'y a plus que ça à faire.

Être Œdipe et Mentor en même temps aux yeux de ma fille, je ne suis pas pour. Je n'apprécie pas le mélange des genres.

Le temps de trouver le numéro dans l'annuaire et je téléphone.

Accueil. Secrétariat. Principal adjoint. Je me présente à chaque fois « Bonjour ! Monsieur Le Noac'h, professeur de lettres remplaçant, le rectorat vient de me faire savoir etc. etc. ». Jusqu'à ce qu'on me refile le principal *himself*, monsieur Lens.

— Ah, monsieur Le Noac'h ! J'attendais justement votre coup de téléphone.

— Oui, euh… j'aurais voulu avoir des renseignements concernant mon affectation, dis-je de mon ton le plus affable.

— Mais certainement. Le rectorat n'en fera jamais d'autres, nous attendions un remplaçant pour le jour de la rentrée, mais bah, vous savez comme ils sont… Vous récupérez le service de madame Gentil qui a pris un congé parental et qui officiait en 6e C et en 5e E, mais vous avez un complément de service au lycée Ker Mor juste attenant, croit-il m'apprendre.

Ouf. On a échappé au pire. Je n'en demande pas plus pour l'instant. Je raccroche juste après lui avoir dit que je passerai dans la matinée pour les formalités administratives.

Emmanuelle me cueille à la sortie du bureau. Mon numéro de tout à l'heure dans sa chambre l'a évidemment intriguée. Je lui annonce le scoop :

— J'ai une bonne et une mauvaise nouvelle. J'ai cru que t'allais m'avoir comme prof mais c'est pas le cas. Par contre, on m'envoie faire un remplacement dans ton collège, en 6e C et en 5e E.

Emmanuelle accuse le coup.

— Et la bonne nouvelle, c'est quoi ?

*

* *

— Je repense souvent à ce moment terrible où la directrice est venue me dire que c'était monsieur Guirriec qui s'était fait renverser. Marie était en train de jouer à la maman dans le coin des poupées. Je n'arrivais pas à détacher mon regard de la petite.

— Faut qu' t'essayes d'oublier…

Béatrice et moi sommes couchés. Comme tous les soirs, elle me parle depuis une heure de la mort de monsieur Guirriec. J'écoute d'une oreille… J'ai d'autres soucis… ma propre fille dans mon collège…

— Au fait ! Il y a un truc dont je ne t'ai pas parlé. Figure-toi que le papa de Marie a oublié une pochette dans ma classe. Je m'en suis rendu compte ce soir.

— Une pochette ?

— Oui, une pochette avec des papiers. Il l'avait laissée sur mon bureau après avoir déposé sa fille. Je l'ai retrouvée aujourd'hui. C'est la dernière chose qu'il a faite dans sa vie, oublier cette chemise dans ma classe. Il l'a oubliée là et juste après, il est mort…

— Tu l'as ouverte, t'es sûre que c'est bien à lui ?

— Non, je ne l'ai pas ouverte, c'était inutile. Il était écrit dessus : *Guirriec, personnel*. Et puis ça ne me regarde pas. Mais je me souviens très bien qu'il l'avait à la main en déposant Marie, le jour de l'accident.

— Qu'est-ce que tu vas en faire de cette pochette ?

— Je vais attendre de revoir madame Guirriec. Quand elle ramènera sa fille, dans quelques jours ou quelques semaines, je la lui rendrai. Je l'ai mise de côté en attendant.

*

* *

— Dépêchez vous les enfants ! Papa va être en retard à l'école.

Je tiens Anna par la main tout en poussant Bébé dans sa charrette. Emmanuelle traîne des pieds en fin de colonne.

Jeudi matin.

On prend les mêmes et on recommence, à ceci près qu'on va d'abord déposer Bébé chez la nourrice, puis Anna à l'école, avant le terminus au collège Ker Mor où tout le monde descend, y compris papa. Ma vie tient dans un mouchoir de poche.

À la fin de la journée, j'ai compris pourquoi madame Gentil a quitté son poste, ce n'est pas en congé parental qu'elle est, c'est en congé longue durée ou alors, elle a démissionné !

Arriver le dernier n'est jamais un avantage, c'est encore plus vrai dans l'enseignement. Mes collègues ont dû faire mes classes avec tous ceux dont ils ne voulaient pas dans les leurs.

Des hyperactifs de l'acabit de la 6e C, même en psychiatrie lourde, on ne les rassemblerait pas. Moi qui pensais trouver du changement après mes débuts en banlieue parisienne. Je déchante. Cela dit, ce n'était rien à côté de ce qui m'attendait au lycée.

Juste un amuse-gueule.

Au lycée, les élèves on ne va pas les chercher, ils viennent directement dans la classe. En voyant entrer les miens, les élèves du lycée maritime, j'ai compris pourquoi. Qui voudrait aller chercher des drilles pareils ?

Quand je les ai vus pénétrer dans la classe, les uns à la suite des autres, toute ma vie a défilé en un instant. Ils sont entrés, ils se sont installés à leur table, ils ont sorti leurs affaires sans rien dire. Quand le dernier a fermé la porte, j'étais fait comme un rat.

Je ne sais pas combien de temps, je suis resté à les regarder sans ouvrir la bouche. J'avais l'impression d'être devant un parterre de miliciens serbes. On m'avait annoncé une classe d'apprentis pêcheurs, je me retrouvai devant un équipage de forbans. Celui qui s'est assis juste en face de moi au premier rang avait les cheveux rasés et des piercings plein la face, on aurait dit une boule de pâte à modeler, tombée dans une boîte de clous. Derrière, il y en avait un qui ressemblait à Joey Starr, en plus laid. Les autres étaient à l'avenant. La cour des miracles ! Moi qui avais prévu d'étudier le drame romantique avec eux,

Hernani ou *Ruy Blas,* j'aurais dû prévoir *L'île au trésor* !

« Des élèves motivés » disait le proviseur. Motivés, je ne dis pas, mais pour quoi faire ? Sûrement plus pour décapsuler les kros avec les dents que pour réviser les figures de style. Moi mon boulot c'est prof de lettres, il ne devait pas être au courant le pro ! Il devait penser que j'étais là pour leur apprendre à casser des barres en acier quand il m'a dit qu'ils étaient motivés.

Quand je repense au discours auquel j'ai eu droit de la part du proviseur du lycée quand je suis allé lui présenter mes "hommages"...

— Bienvenue dans notre établissement, monsieur Le Noac'h, j'ai lu dans votre dossier que vous nous reveniez de la région parisienne, de Trappes plus précisément, dans les Yvelines. Notre lycée va vous sembler bien tranquille après cela. Puisque vous n'avez pas pu assister à la réunion de prérentrée, laissez-moi vous présenter l'établissement en quelques chiffres. 935 élèves répartis en 35 divisions et 91 % de réussite au baccalauréat ! Un excellent résultat qui place le lycée en cinquième position du département. Et vous n'êtes pas sans savoir que l'académie de Rennes est l'académie de toutes les excellences, la meilleure de toutes et que le Finistère se positionne en première place de l'académie pour ses résultats aux examens... Vous voyez par conséquent le mérite qui revient à notre lycée… 5e du premier département de la première académie de France… Je vous laisse en tirer la conclusion qui s'impose… Vous allez avoir le plaisir d'enseigner le français devant les élèves du lycée maritime dont la formation générale – français, maths, histoire – dépend désormais de notre établissement.

La seule conclusion qui s'impose après avoir fait connaissance avec les apprentis boucaniers du lycée maritime, c'est que le Finistère est sur la pente fatale. Sûr qu'à côté de mes lascars de la banlieue parisienne – mes "Trappeurs" de l'an dernier – les pêcheurs, ils font tout gentils comme ça ; mais de là à passer pour l'élite de la nation, la crème de la crème, il ne faut quand même pas pousser. On a beau être dans l'académie de Rennes, je ne crois pas au Père Noël. Mes apprentis pêcheurs bacheliers à 91 % ? J'ai du mal à l'envisager sérieusement, sauf à créer une "option flibustier".

Mais les chiffres sont là et il n'échappe pas à mon proviseur qu'un peu de leur prestige rejaillit sur sa personne.

Le principal de mon collège de l'an dernier, à Trappes, s'étendait beaucoup moins sur le palmarès de ses élèves.

Il faut dire que les statistiques de la "petite délinquance" avaient tendance à prendre le pas sur celles des résultats aux examens.

Les collégiens de Trappes sont beaucoup mieux notés au Ministère de l'Intérieur qu'au Ministère de l'Éducation Nationale.

Le principal du collège, monsieur Lens m'a épargné sa rhétorique académique, lui. Il faut dire que quand je suis allé le voir dans son bureau, il s'est passé un événement qui a court-circuité les présentations officielles. Il avait beau être tout sourire, ce n'était pas vraiment dans sa direction que je regardais après qu'il m'eut ouvert la porte de son bureau. Mais dans celle de l'hominidé femelle qui en sortait précisément.

Une apparition !

J'étais debout dans le couloir en train de poireauter, « Monsieur Lens est en rendez-vous » m'avait indiqué la secrétaire, quand la porte du bureau s'est ouverte. En est sortie une jeune femme blonde aux cheveux légèrement bouclés, vêtue d'une robe en coton bleu : un ange.

Belle à ce point, ça doit être lourd à porter, quasi un handicap.

Mon insistance me dérangeait moi-même, mais je ne pouvais pas m'empêcher de la regarder s'éloigner. La beauté est un fardeau.

Comment échapper à sa condition d'objet du désir, quand la nature vous a gratifié à ce point ? Je suis sûr que les jolies femmes rêvent secrètement de nous crever les yeux.

Les laides aussi d'ailleurs…

Le principal a aussitôt percuté la raison de mon émoi et, tout en faisant mine de ne pas s'en rendre compte, comme si, lui qui venait de passer dix minutes au moins avec elle dans son bureau, pouvait être passé à côté du truc, il a embrayé l'air de rien sur « l'objet de ma convocation » en me faisant entrer.

Devant mon air un peu absent, Lens a tout de même fini par aborder "l'objet de ma sidération".

— Vous n'avez pas encore fait la connaissance de mademoiselle Auregan ? Elle travaille au lycée, en qualité de professeur de sciences physiques, j'étais en rendez-vous avec elle pour mettre au point quelques détails concernant… euh… la liaison collège-lycée.

Je note le "Mademoiselle" !

— Non je n'ai pas encore fait sa connaissance…

— Peut-être connaissez-vous au moins son père, vous qui enseignez les lettres ?

— …

— Non ?

— Attendez… Auregan ! Vous voulez dire qu'elle est la fille du poète ?

— Exactement ! François Auregan, le célèbre poète bigouden. « *Moi avec un nœud de chaise / J'arrime les continents / À mon bateau…* » Vous connaissez ?

— Mais oui ! « *On peut entendre au soir / "Péri en mer" ou "disparu". Une chaise est vide / Autour du drame / Et tout se tait. / Les coudes pleurent / On les entend.* » Et comment que je connais !

François Auregan, le chantre des marins pêcheurs, l'arpenteur des quais du Guilvinec, le chien errant du port de pêche ; à l'époque où il avait encore les cheveux blonds, on l'appelait le chien jaune… Tu parles si je connais ! Célébrité locale. Underground bigouden.

— Marine Auregan est sa fille, m'apprend Lens. Sa plus belle œuvre, assurément. Mais venons-en au fait, me rappelle à l'ordre mon principal, l'heure de traitement des difficultés scolaires en 6e C.

*

* *

« *A terre*
Certains n'ont plus de main
Ils n'ont plus que des poches
Et les vieux qui ont échappé
A toutes ces folies
Sont là et pour longtemps
Le dos aux digues
Pour les tenir… »

— Je relis les poèmes de Fanch Aureg', tu sais le poète bigouden, je t'en ai déjà parlé.

— Ouais, ça me dit quelque chose effectivement, mais excuse-moi Ach', la poésie je n'ai pas vraiment la tête à ça en ce moment. Je n'arrête pas de penser à la petite Marie… Au fait, tu sais qui j'ai vu ce soir ?

Évidemment je ne réponds rien, c'est ce qu'on appelle une question rhétorique, entendez une de ces questions destinées à capter l'attention de l'auditoire. J'attends donc la suite.

— Un collègue de monsieur Guirriec ! m'annonce Béa. Il est venu rechercher la pochette que le papa de Marie avait oubliée en classe…

— Un de ses collègues ? Un douanier ?

— Oui, un douanier.

— Il t'a montré sa plaque ?

— Sa plaque ? Mais non voyons, on n'est pas au cinéma. Il m'a demandé si, par hasard, son collègue n'avait pas oublié une pochette dans ma classe, le jour où il a été renversé. Je lui ai répondu que si et je la lui ai rendue. Qu'est-ce que tu voulais que je fasse d'autre ?

— Il avait l'air normal ?

— Ouais, sauf qu'il sentait très fort.

— La sueur ? !

— Non. le parfum. Un truc entêtant… très épicé. C'est un parfum que je connais mais dont je n'arrive pas à me souvenir du nom… Dans mon souvenir, il me semblait d'ailleurs que c'était un parfum féminin.

— Papa, est-ce que tu travailles le vendredi matin ?

La porte du bureau s'est à peine entrouverte. Suffisamment pour qu'Emmanuelle brame sa question sans se préoccuper de la conversation qu'elle interrompt.

— Pourquoi tu me demandes ça ?

— Parce que madame Cariou, ma prof d'histoire cherche un prof du collège pour nous accompagner à une sortie pédagogique près du menhir de Léchiagat. Comme il me semblait bien que tu ne travaillais pas le vendredi matin, j'ai dit que tu serais sûrement d'accord…

— Sans me demander mon avis ?

— Oh, quoi, ça va être sympa…

— Et qu'a dit madame Cariou quand tu lui as parlé de moi ?

— Elle a dit que c'était une bonne idée. Que comme t'étais un nouveau prof, tu ne refuserais sûrement pas cette occasion de t'investir dans le collège.

— Eh ben, si c'est pas avoir le couteau sous la gorge ça !

— Oh… Elle a raison, ça va être sympa que vous soyez ensemble, j'espère que tu pourras y aller Ach', insiste Béa.

— On croirait que tu ne sais pas ce que c'est ! Comme si ça allait être de tout repos cette sortie ! Et puis je ne la connais pas madame Cariou, ni ses élèves…

— Mais il n'y aura pas que nous, dans le car il y aura aussi un prof du lycée et sa classe. C'est un projet collège-lycée, a dit madame Cariou.

— Ah ? Et c'est qui l'autre collègue ?
— Mademoiselle Auregan. Un prof de sciences. Allez Papa…
— Bon d'accord.

*
* *

— Ce menhir que vous voyez ici les pieds dans l'eau témoigne qu'il y a six mille ans, la mer était beaucoup plus basse qu'actuellement. À la fin de la période glaciaire, les eaux sont remontées et, aujourd'hui, se trouvent sous l'eau des lieux qui étaient habités, il y a encore six mille ans. On a même retrouvé des vestiges de villas gallo-romaines sous la mer, pas très loin d'ici.

Mon Dieu qu'elle est belle ! Près du menhir, comme ça, on dirait une prêtresse. La leçon de Marine sur les transgressions marines prend des airs de révélation sacrée.

Elle a beau être plantée dans une paire de bottes de pêcheur avec un jean et un ciré jaune, elle rayonne.

Je ne suis pas le seul à être fasciné par la silhouette de Marine d'ailleurs. Il y a deux lycéens qui se donnent des coups de coude en la biglant.

— Vous suivez tous les deux ! suis-je obligé d'intervenir.

Faut quand même admettre qu'il y a de quoi se laisser distraire… C'est même un drôle de danger public, mademoiselle Auregan. Un de ses quat', pendant un TP, il y en a un qui va mélanger par inadvertance une solution d'acide chlorhydrique avec de l'eau, occupé qu'il sera à imaginer ce qu'elle peut bien porter sous sa blouse blanche…

C'est reposant de la regarder, tellement elle est belle. C'est comme contempler la mer. Sauf que la mer j'ai jamais eu envie de rentrer dedans tout nu, trop froide par chez nous, tandis que Marine, elle donne envie de plonger… Marine, que de transgressions on pourrait commettre en ton nom !

— Je vous propose maintenant de pousser un peu plus loin en direction de la plage de Léhan. Nous allons observer la végétation dunaire, avant d'aller voir les marais.

Aussitôt, les élèves s'élancent à l'assaut des dunes.

— Ainsi tu es nouveau au collège ? me demande Marine tandis que nous les suivons.

— Oui, répond à ma place madame Cariou. Il a même eu la gentillesse de nous accompagner alors qu'il n'est pas professeur dans cette classe. Mais il faut dire que sa fille y est, elle.

— Ah, tu as une fille ? Laquelle est-ce ?

— Le blouson rouge avec un bonnet bleu et des bottes jaunes.

— Elle est très jolie…

— Monsieur Le Noac'h est un heureux papa, continue ma biographe. La fiche de renseignements d'Emmanuelle m'a révélé que vous aviez trois filles, n'est-ce pas ?

— Oui c'est exact.

M'étendre sur ma situation familiale n'est pas exactement ce dont je rêvais comme entrée en matière avec Marine, mais madame Cariou en a décidé autrement. Je m'apprête à rectifier la trajectoire de la conversation pour lui donner une orientation nettement plus sexuelle – genre faire des enfants justement c'est mon passe-temps favori – quand un cri m'interrompt dans mon élan. Nous nous figeons sur place. À une cinquantaine de mètres de là, plusieurs élèves font des moulinets avec leurs bras à notre adresse tandis qu'un attroupement se forme au sommet de la dune sans que les hurlements cessent.

— Ils nous font signe !

Madame Cariou n'a pas terminé sa phrase que Marine et moi courons en direction de nos élèves qui, tous maintenant, sont réunis sur la dune. Je n'aperçois pas ma fille dans le groupe. Elle faisait pourtant partie des premiers élèves à être arrivés là-bas.

— Nom de Dieu, qu'est-ce qui a pu se passer ?

Les élèves nous laissent fendre leur attroupement. Que nous ayons nous aussi notre part du macabre spectacle. Emmanuelle est là avec les autres, glacée, immobile en haut de la butte. L'élève qui a crié est en bas, soutenue par une de ses camarades de classe. Il s'agit d'une gamine de sixième. Marine et moi comprenons aussitôt que c'est elle qui a dû découvrir le corps. Marine s'approche d'elle et commence à la consoler tout en l'éloignant.

Un corps est à demi immergé dans les marais qui se trouvent en contrebas de la dune. Les roseaux cachent ses jambes mais son visage dans l'eau, ses bras tendus et la blessure qu'il a au sommet du crâne ne laissent aucun doute sur son état. Il s'agit bel et bien d'un cadavre.

— Éloignez-vous, les enfants. Descendez tous sur la plage. Il faut prévenir la police.

En fait de police, ce sont les gendarmes qui sont arrivés sur les lieux. Circonscription oblige. La première chose qu'ils ont faite a été de congédier tout le monde. À l'exception de la jeune Noémie qui est restée avec moi pour répondre à leurs questions.

— Nous avons besoin du témoignage de la petite et de celui d'un enseignant. Les autres élèves peuvent repartir.

Marine, madame Cariou et moi avons décidé que je resterais là avec la police tandis qu'elles ramèneraient les élèves. Marine a pris ma fille par la main et emmené tout le monde vers le parking de la plage où les cars étaient stationnés. Des gendarmes sont ensuite arrivés de partout et tandis que la plupart se dirigeaient vers la scène macabre, l'un d'entre eux est resté avec la gosse et moi auprès de leur véhicule, pour nous interroger. Après lui avoir expliqué que j'étais en retrait quand Noémie a découvert le corps, nous avons laissé la petite nous raconter ce qu'elle avait vu.

— En fait, je jouais avec Mathilde, on se courait après. On est arrivées les premières sur la dune et on est descendues vers les marais, on voulait attraper un roseau. C'est quand on a atteint le bord de l'eau que j'ai vu le mort… Ses jambes étaient cachées derrière les feuilles mais sa tête était visible, ses bras aussi… Il y avait un trou dans sa tête et aussi du sang dans ses cheveux…

Voyant que l'émotion allait submerger la gosse, le flic a abrégé son récit et m'a proposé d'ajouter ce que j'avais vu, pour très rapidement demander le numéro de téléphone des parents de la petite afin qu'ils viennent la récupérer. Le gendarme s'est alors éloigné avec elle pendant qu'il composait le numéro.

À ce moment-là, deux gendarmes sont revenus vers leur véhicule. L'un d'eux tenait un portefeuille ; ses mains étaient revêtues de gants en latex. Le premier est monté dans le Peugeot Expert et s'est mis à pianoter sur un ordinateur. L'autre inspectait le portefeuille.

J'étais suffisamment près pour entendre ce qu'ils disaient. Le flic qui tenait le larfeuil était de dos, l'autre avait les yeux fixés sur son écran. Le flic qui était assis s'est emparé d'un téléphone. Ils ne faisaient pas attention à moi. Je me suis approché.

— La mort est due à une arme à feu. Il faut prévenir le bureau du procureur. Qu'on sache à qui est confiée l'enquête. Sinon, on a tout de même pu récupérer ses papiers. Il avait une carte de fonctionnaire sur lui. Est-ce que tu peux vérifier si on a un avis de recherche concernant un certain Fourrier Luc, conservateur à Amiens ?

III

Octobre.

— Qu'est-ce que tu lis ?

— Des revues du CDI sur l'Égypte. Tu sais, je compte reprendre l'écriture de mon bouquin… Cette histoire de momie dont je t'avais parlé. J'ai eu deux trois idées qui ont relancé le projet, ça devrait donner un roman vachement original.

— Ah ouais…

Devant le vif intérêt que prend ma femme à ma carrière littéraire, je pioche dans la pile de livres et de revues qui se trouvent à côté du lit et je commence à bouquiner le *Science et Vie* n°969 de juin 1998 qui contient un remarquable article sur une découverte de momies dans l'oasis de Kharga, en Égypte. Béatrice, elle, est plongée dans la lecture de *l'Energie cosmique*, sous-titré *cette énergie qui est en vous*, du docteur Joseph Murphy. Béatrice goûte beaucoup la "littérature" spirituelle, genre développement personnel, new age, médecine énergétique, macrobiotique… etc.

Le silence règne dans la chambre, il n'est interrompu, de temps à autre, que lorsque la nécessité de révéler à l'autre le contenu de nos livres respectifs nous oblige à prendre la parole.

— Écoute ça ! C'est incroyable, en plein désert à 400 bornes de Louxor, des égyptologues sont tombés sur des cavités qui se sont révélées être des tombes contenant plus de 500 momies en parfait état de conservation ! T'imagines ? 500, rien que ça. Tiens, regarde, certaines ont même encore leurs cheveux.

Béa apprécie mollement la vue de la momie que je lui fourre sous le nez sans qu'elle ait le temps de s'y préparer. Faut dire qu'en plein chapitre sur *Comment l'énergie cosmique peut vous apporter la santé*, ça doit surprendre.

— C'est dégueulasse !

Ça l'intéresse pas plus que ça, les momies, Béa. Elle est déjà repartie dans l'*Energie cosmique.*

Quelque temps plus tard, c'est elle qui m'interpelle :

— Tiens, écoute ça… sur la puissance de la pensée positive. C'est l'histoire d'un écrivain qui souhaitait se faire publier et qui n'y arrivait pas. Du jour où il a prononcé les formules de pensée du docteur Murphy avant de s'endormir, il a été publié.

— Qu'est-ce que tu me racontes là ? C'est des histoires à dormir debout pire que mes momies, ça ! Tu crois à ces conneries superstitieuses ?

— Mais non ce n'est pas de la superstition, mais le fait de réciter ses pensées positives, le type, ça l'a mis dans une logique de réussite et, du coup, ce qu'il a écrit s'en est trouvé amélioré et c'est logiquement qu'il s'est fait publier. C'est naturel. Quand t'as un objectif et que tu fais tout converger pour que ça arrive, ça ne peut pas rater. Les choses t'arrivent parce que tu les attires, c'est ce qui est dit dans ce bouquin.

— Mouais, ça fait de mal à personne… Du moment que ça finit pas en suicide collectif, les conférences du docteur Murphy, pourquoi pas ?

Je vanne pas plus parce qu'avant de dormir, elle est susceptible, Béa. Et j'aime pas me fâcher avec elle le soir.

Je replonge dans mon article sur la foire aux momies de l'oasis de Kharga et je laisse là le docteur Murphy et ses incantations.

Un quart d'heure plus tard, Béa s'est endormie sur son *Energie cosmique*. M'est avis que ça doit manquer un peu de suspense quand même. Je ramasse le bouquin et je le pose sur le sol. Du coup, moi aussi, je renonce à poursuivre mon article pourtant hyper-intéressant et j'éteins pour dormir.

En attendant le sommeil… je repense à la structure de mon roman… J'ai deux ou trois idées qui me viennent… Je ne les note pas sur le coup… Je m'en souviendrais… Sacrée Béa… Ces histoires qu'elle peut lire… C'est incroyable le coup de l'écrivain du docteur Murphy… Il a du bol le mec, c'est tout… Le docteur Murphy et ses pensées positives, tu parles… Pourquoi pas la poudre de perlimpinpin ? « Je termine mon livre et je suis édité… », « Je termine mon livre et je suis édité… », « Je termine mon livre et je suis édité… »

Samedi matin, 9 heures 49. Pont-l'Abbé.

Je fais la grasse matinée. Je devais relire la préface de *Cromwell* d'Hugo, rapport à mes flibustiers. En fait, je suis plongé dans *Le sceptre d'Ottokar*. Béa, elle, s'est lancée dans un grand ménage. Je l'entends aller et venir dans la maison, ouvrir les placards, jeter des sacs poubelle au bas de l'escalier. Elle fait le vide. La maison va respirer. C'est le ménage de printemps début octobre.

J'en suis au moment où, à bord de l'avion qui les emporte en Sydalvie, Tintin réalise que le professeur Halambique voit parfaitement alors qu'il a enlevé ses lunettes.

— Je vais jeter le vieux sommier d'Anna, on ira lui en acheter un neuf lundi, m'annonce Béatrice dans l'embrasure. Tu pourras aller à la déchetterie tout à l'heure ?

En peignoir, avec son foulard dans les cheveux façon ménagère d'autrefois, elle est bath ma Béa ! À la déchetterie, mon amour ? Mais bien sûr ! J'irais n'importe où pour toi mon cœur. Il est chouette son peignoir, c'est moi qui le lui ai choisi. Ce n'est pas de la grosse éponge, c'est du tout fin, limite transparent. Quand elle sort du bain : j'adore. Là, elle ne doit pas avoir trop chaud parce que j'aperçois la pointe de ses seins qui tend le tissus du peignoir.

J'en suis là de mes constatations libertines quand Anna surgit inopinément, c'est le moins que l'on puisse dire, justement entre les jambes de sa mère.

— Ouais, la déchetterie ! Je veux y aller ! J'adore ! La dé-chett-rie ! la dé-chett-rie ! la dé-chett-rie ! hurle-t-elle en sautant sur le lit.

— Vous allez à la déchetterie ? interroge Emmanuelle depuis sa chambre, je peux y aller ?

— NON c'est moi qu'a demandé en premier, braille aussitôt Anna.

— Tu y es allée la dernière fois, cette fois c'est mon tour, lui rétorque la grande.

Je n'en crois pas mes oreilles, il y a encore dix secondes, j'étais tranquillement plongé dans la lecture de mon *Tintin*. J'allais assister, au beau milieu de la salle du trésor du château de Kropow, au vol du sceptre d'Ottokar IV par Alfred Halambique qui s'était substitué à son frère jumeau, Nestor. Lecture que j'étais prêt à abandonner à la vue de ma Béa en peignoir pour tenter une main baladeuse et, au lieu de tout ça, je suis le témoin, depuis mon lit, d'une vraie dispute de chiffonnières entre mes deux filles aînées, pour savoir laquelle m'accompagnera à la décharge publique !

J'ignore pourquoi mes enfants adorent se rendre à la déchetterie. À chaque fois qu'il faut y aller, c'est la même comédie, toutes veulent m'accompagner, sauf Louise, mais je suis sûr que ça viendra. Si seulement elles pouvaient conduire, je les laisserais y aller seules, ça m'éviterait la corvée.

Le problème, c'est qu'en principe, on va à la déchetterie pour y envoyer des déchets. Le break est plein à ras bord avec les sièges rabattus. Il n'y a donc de la place que pour un seul passager, à moins de faire plusieurs voyages, ce à quoi je me refuse. Ou à moins d'aller à la déchetterie en famille, sans déchet, pour faire plaisir aux enfants, ce à quoi je me refuse aussi.

À chaque fois, la farce tourne donc au drame cornélien, il nous faut choisir entre l'aînée et la cadette. Nous tenons pour cela une comptabilité rigoureuse, afin d'éviter toute "injustice". Or, la fois dernière, c'était effectivement Anna qui m'avait accompagné. C'est donc le tour d'Emmanuelle cette fois-ci. Anna ne l'entend néanmoins pas de cette oreille et elle nous gratifie, aussitôt le verdict annoncé, d'une crise de nerfs digne d'Élisabeth Taylor dans une de ses nombreuses interprétations de grande nerveuse.

Pendant qu'Anna continue probablement de se rouler par terre, Emmanuelle et moi sommes en route.

J'ai branché la radio que je projette d'écouter ; mais c'est compter sans la conversation d'Emmanuelle.

— T'as du nouveau sur le mort de Léchiagat ?

— Heu… non, tu sais à part ce qu'en disent les journaux… Je ne suis pas dans le secret des dieux…

— Tu y crois, toi à cette histoire de suicide ?

— Bah… j'y crois… Oui… Figure-toi qu'on ne m'a pas demandé mon avis ! Si les flics jugent qu'il s'est suicidé, ils doivent avoir de bonnes raisons de le croire. Non ?

— Il se serait suicidé à 600 kilomètres de chez lui ?

— Pourquoi pas ?

La fascination de ma famille pour "Le cadavre de Léchiagat" prend des proportions inquiétantes. Pas l'ombre d'un traumatisme, non, au contraire juste une fascination morbide. Jusqu'à Béatrice que j'ai dû emmener sur les lieux du "crime" !

— C'est là qu'il était le type ?

— Oui c'était là.

— Les journaux ont parlé d'un trou dans sa tête, c'était impressionnant ?

— Selon la petite Noémie qui l'a vu la première, oui c'était très impressionnant !

— Mais toi, tu n'as rien vu ?

— Je t'ai déjà dit dix fois ce que j'avais vu ! Il y avait des roseaux… et on a tout de suite dégagé les élèves…

— Ah oui, bien sûr, les élèves…

Ça m'a surpris de la part de Béatrice, jamais je ne l'aurais crue mûre pour s'abonner à Nouveau Détective.

— Est-ce que t'as fait la connaissance du prof de dessin dont je t'ai parlé, monsieur Le Moal ? me demande Emmanuelle au moment où le chroniqueur s'apprête à donner son point de vue sur les suites interminables de l'intervention militaire russe en Tchétchènie.

— Heu… non… On n'a pas encore eu de conseils d'enseignement et je n'ai pas eu l'occasion de discuter avec lui dans la salle des profs… Je l'ai juste croisé deux ou trois fois… dis-je, espérant mettre un point final à la conversation.

— Tu ne perds rien ! En plus, il a une drôle de tronche, continue Emmanuelle pendant que je tends l'oreille pour essayer de saisir ce que dit le type de la radio. Charlotte, elle dit que l'année dernière, c'était encore pire, il puait carrément. Les élèves étaient obligés de demander à ouvrir les fenêtres… D'ailleurs, ils l'avaient surnommé Nature Morte ! Cette année, ça va mieux. Au contraire, parfois il cocotte même à deux kilomètres. Il doit s'asperger d'eau de Cologne pour masquer son odeur quand elle devient trop insupportable ! J'aurais bien voulu que tu me dises ce que tu penses de lui…

Quelle ordure ce Poutine ! Voilà ce que je pense.

Le voilà qui vient encore quémander l'aide du G8 ! Il va obtenir satisfaction en plus. Il doit tenir tous les chefs d'état européens par les couilles avec les arsenaux de l'Armée Rouge à l'abandon et la flotte nucléaire de Mourmansk en complète déliquescence ! « Filez moi du flouze ou je laisse péter tout ça et je remets Tchernobyl en marche ! » Et à chaque fois, il repart les poches pleines pour financer un peu plus encore le génocide tchétchène.

— Teddy, un copain de ma classe qui habite l'Île-Tudy, il a remarqué un truc bizarre à propos de Le Moal. Tu te souviens que la voiture du cadavre de Léchiagat a été retrouvée à l'Île-Tudy ?

Tiens, je m'en doutais, la radio vient de lâcher le morceau ! « La Norvège et la Finlande sont pour que l'Europe vote un plan d'aide à La Russie ».

Il va l'avoir son pognon, il va l'avoir ! Tu m'étonnes, La Norvège et la Finlande sont aux premières loges.

— Tu m'écoutes, Papa ?

— Hein ? Euh… Oui, éludé-je, j'étais juste un peu distrait par la radio.

Tchernobyl, Mourmansk et Dieu sait quoi encore, c'est la porte à côté pour eux…

— Et bien, figure-toi que cette voiture elle a été retrouvée à deux pas de la maison de monsieur Le Moal, quasiment en face de chez lui ! C'est Teddy qui me l'a dit.

Quand je pense à tous ces pauvres gens. Comment peut-on en arriver là ?

— Pourquoi une personne irait se garer si loin de l'endroit où elle veut se tuer. Garé à l'Île-Tudy, mort à Léchiagat, ça ne tient pas ! Par contre, qu'un conservateur de musée se gare dans la rue d'un professeur de dessin, artiste à ses heures, ça, ça se tient. D'autant que le prof de dessin, moi ça fait un moment que je le trouve louche. En classe, pendant qu'on fait ce qu'il nous demande, eh bien il est toujours en train de dessiner des trucs à son bureau… des trucs qui n'ont rien à voir avec ce qu'on fait. Dis ? Tu m'écoutes, Papa ? Depuis qu'Antoine me fournit en ecstasy et en cannabis, je suis vachement plus cool. Pour me faire un peu d'argent de poche d'ailleurs, j'en revends à la sortie du collège moi aussi… ça marche bien…

— Tiens, ça y est, on arrive, avertis-je à la vue du poteau indicateur.

— Si je comprends bien tu ne m'as pas écoutée ? se plaint Emmanuelle alors que la déchetterie nous ouvre ses portes.

— Mais si je t'ai écoutée ! Seulement… C'est juste que ton prof d'arts plastiques… il ne m'intéresse pas beaucoup… Et puis ce n'est pas parce qu'il pue un peu et qu'il est original qu'il faut l'accabler. N'exagérez pas trop, il y a du bon à prendre dans chaque enseignant.

— Ouais, c'est ça, c'est ça… Vous les profs, vous vous tenez toujours les coudes entre vous, c'est toujours les élèves qu'ont tort ! tonitrue-t-elle.

— Arrête un peu, tu veux, ça n'a rien à voir. Allez, viens m'aider à jeter les ordures, c'est pour cela qu'on est là, dis-je en ouvrant ma portière devant la benne des "cartons pliés".

— N'empêche pour un "auteur de roman policier", soi-disant, je trouve que tu manques un peu de curiosité ! m'assène-t-elle en me rejoignant à l'extérieur de la voiture.

— Alors là, franchement je ne vois pas le rapport, répliqué-je en ouvrant le coffre.

— C'est bien la preuve que tu ne m'as pas écoutée ! De toute façon, on sera bientôt fixé, je la mène moi l'enquête…

Les propos de ma fille se perdent dans le brouhaha de la décharge. Je ne cherche même pas à en ouïr davantage. Marre de me faire traiter de corporatiste. J'entends ça suffisamment à la radio. Les mains prises par les deux sacs poubelle que Béa a rempli de vieilles paperasses, je me dirige vers la benne appropriée tandis qu'Emmanuelle se charge des cartons.

Avant de tout jeter, je regarde dedans, des fois qu'un quidam ait balancé à portée de main sa collection complète de Playboy ; mais au lieu de ça, il n'y a que de la paperasse… des vieux journaux et… incroyable… au milieu de l'amoncellement de papiers, quelques manuels scolaires usagés, des cours et des copies. Ça me poursuit ! Je tends le bras et je trifouille, histoire de voir un peu le nom du gus qui a osé se débarrasser de façon aussi ignominieuse de ses cours de collège, des reliques sacrées comme qui dirait. Je tombe sur une copie de maths, 6/20, d'un dénommé Josse Laurent, 4e F. Je lis la copie, je procède à une rapide évaluation transdisciplinaire pour voir dans quel esprit le collègue bossait. Déformation professionnelle. « Aucune méthode, pas de rigueur, manque évident de travail », l'appréciation est sévère, ça devait être un rigoriste le prof de maths, du genre « je veux le résultat et la démarche pour y arriver, sinon zéro », je vois ça d'ici. Pauvre Laurent Josse, il ne devait pas être matheux ; un littéraire peut-être ?

Ça me dit quelque chose Laurent Josse… Je sonde les arcanes de ma mémoire d'éléphant, je sollicite mes neurones pour qu'ils s'agitent du côté du lobe des réminiscences et, d'un seul coup, ça me revient. Laurent Josse, 4e F, Collège de la Tour d'Auvergne, mon année d'enseignant stagiaire ! L'ingrat ! Je suis sûr qu'il n'a même pas encore son bac qu'il lourde déjà ses cours de collège. Ça devrait être interdit, comme les feuilles d'impôt et les factures EDF, à conserver cinq ans.

Du coup, je mets les deux mains dans la benne et j'y vais gaiement. Il doit y avoir mes cours, là-dedans. Quatrième, c'est là que je leur fais ma séquence sur la littérature fantastique. Il a dû tout jeter, le salaud, mes analyses de *la Vénus d'Ille* de Mérimée et de *La main* de Maupassant. Toutes mes explications sur comment l'auteur procède pour laisser son lecteur dans l'incertitude jusqu'à la fin. C'est ça le Fantastique, raconter une histoire tout en créant les conditions de sa négation. Il m'a fichu tout ça à la "jaille", le Josse ! Il s'en foutait, le misérable !

Je fouille comme un chiffonnier et je trouve. Un classeur complet avec les leçons, les copies, les pochettes et les intercalaires. Il y a du pognon chez les Josse, on balance des classeurs qui peuvent encore servir comme si c'était des Kleenex. Je relis mes annotations. Ma petite écriture à l'encre rouge. « Expression satisfaisante mais analyse superficielle » 9/20. Bien fait ! Tiens une autre, une dictée. 13/20, « Assez Bien ». Tu parles ! il avait dû copier sur son voisin, je suis trop indulgent, un point par faute, ce n'est pas assez. Rédaction, 8/20, « Récit non construit, sans projet ni intention ». Tiens, mange ! Et ça… « Les philosophes du XVIIIe », eux aussi à la benne, si ce n'est pas malheureux. *La dent d'or* de Fontenelle, plaidoyer pour l'examen rationnel, au panier. *Candide*, le nègre du Surinam, chapitre XIX, la dénonciation des souffrances des esclaves, à la poubelle ! Si ça se trouve, il tombera dessus au bac, l'imbécile ! Je contemple mon travail, foulé aux pieds, à recycler ! Mes consignes, mes remarques, mes cours... Tout ça prêt à devenir des boîtes à œufs ou du papier cul !

— Qu'est-ce que tu fais, Papa ? s'inquiète Emmanuelle en me voyant à demi immergé dans l'orifice de la benne.

Je lui explique la cause de ma désolation, mais insensible, elle m'exhorte seulement à ne pas me donner en spectacle.

Tu parles, ai-je envie de lui dire, qu'est-ce qu'ils pourraient saisir à mon drame personnel tous ces chiffonniers ? Mais je n'insiste pas, conscient d'être incompris même par ma propre fille.

Le temps de bazarder ce pourquoi nous sommes venus et nous quittons cet endroit de malheur, non sans avoir récupéré les restes des cours de français de Josse l'ingrat, l'homme sans passé.

À la maison, mon histoire n'émeut personne, même pas Béatrice.

— Mais qu'est-ce que tu t'imagines, qu'ils vont les mettre sous verre, tes cours ? me transperce-t-elle.

Je décide de tirer un trait sur cette pitoyable histoire. Le classeur de Laurent Josse, tel le saumon remontant jusqu'à la source du fleuve qui l'a vu naître, vient rejoindre mes archives, près des cours de quatrième.

*

*   *

Le lundi matin à 10 heures, deux minutes avant mon cours, je suis au CDI pour demander au documentaliste, monsieur Le Clac'h, s'il n'aurait pas un exemplaire du texte sacré. La Bible est au programme en sixième. Évidemment, avec son esprit sarcastique et ses petits yeux espiègles, il ne me rate pas. « Tu pars enseigner dans le privé ? ». Il est spirituel, le doc. Je lui explique que tout ça est très sérieux, que je suis pressé, et finalement il me dégote une édition scolaire toute récente avec des extraits des "grands textes fondateurs".

— On en a toute une série, m'annonce-t-il, si tu veux, tu peux l'emprunter. Ils sont combien tes élèves ? La série comporte 27 exemplaires.

— C'est parfait, lui dis-je, j'ai 26 élèves.

J'ai même l'imprudence d'ajouter :

— T'es mon sauveur !

— Tu veux aussi le Nouveau Testament ! attrape-t-il au bond, toujours prêt à faire un bon mot.

On se dirige tous les deux vers la réserve, dans le fond du CDI, quand je tombe sur ma fille en train de travailler. Elle est seule à une table, des bouquins d'art toute une pile devant les yeux, un stylo à la main, en train de prendre des notes.

— Salut Emmanuelle, que fais-tu là ?

Elle est tellement absorbée dans sa lecture qu'elle ne semble pas m'avoir entendu.

Lorsqu'elle lève enfin les yeux, sûrement pour me

demander si je veux sa photo, elle est à son tour surprise de me voir là.

— Ah ! C'est toi… Euh… J'ai une heure de perm. Je bosse pour les arts plastiques, me répond-elle comme si elle se justifiait… pour un dossier qu'on a à faire.

— Mais c'est très bien, continue… Ça doit être très intéressant… Excuse-moi, il faut que j'y aille… Bon courage.

Je rattrape mon collègue dans son cagibi où toutes les séries d'ouvrages scolaires sont sagement alignées sur les étagères, dans l'attente d'être maltraitées par les élèves. Il a déjà mis les 27 exemplaires dans un carton à mon intention.

— C'est pour emporter ou pour consommer tout de suite ? blague-t-il. Je t'en ai mis 27, comme ça il y en a un pour toi.

— Je te remercie, t'es une vraie mère.

— Une mère aurait commencé par te dire que tu t'y prenais au dernier moment, que ça n'était pas très sérieux… Moi je me contente de faire mon travail. Tu n'as qu'à laisser le carton là, tu enverras un élève le chercher.

— Merci. Mais tu as raison, je suis un peu juste en ce moment, je bosse à flux tendus.

— Alors ? T'as vu mon étudiante ? enchaîne-t-il à propos d'Emmanuelle. Elle doit préparer une vraie thèse… Depuis quelque temps, je la vois tous les jours. Elle vient consulter les livres sur la peinture allemande du XVIIIe. Il n'y a pas si longtemps, c'était la peinture moderne. Elle m'a même fait acheter un ouvrage ! Elle est prévoyante, elle. Il est arrivé ce matin, c'est celui qu'elle lit en ce moment. Il n'est même pas encore couvert, je lui fais confiance.

— Mais pourquoi elle fait tout ça ? Je ne suis même pas au courant !

— Il me semble que c'est pour un projet avec Le Moal. Mais ta fille va beaucoup plus loin, c'est sûr, je ne lui pose pas de questions, je la laisse bosser.

— Quand même te faire acheter un bouquin !

— Oh ce n'est rien, pour une fois qu'un élève de Le Moal me demande d'acquérir un livre d'art, je n'allais pas refuser. Ça doit être la première fois que ça arrive !

Je comprends. Les collégiens, ils sont rarement du genre à bouquiner des livres de 700 pages par paquets de six. Ce qui me surprend c'est que ma fille soit de ce genre-là. On en apprend tous les jours.

*

* *

Le lendemain, c'est moi qui suis au CDI pour faire des recherches. À seize heures. Une heure avant la fermeture. *Science et Vie*, Géo, *National Géographics*, *Ça m'intéresse*… Que des revues consacrées à l'Égypte et notamment aux momies, sélectionnées spécialement par maître Le Clac'h, le documentaliste du collège, sorte de Borges voyant. J'espère trouver les détails scientifiques et techniques dont j'ai besoin pour mon roman.

— Ça va, tu t'en sors ? me demande-t-il.

— C'est parfait. Je te remercie.

— Je t'en prie, j'ai l'habitude. Toi et ta fille vous êtes ici chez vous !

Là-dessus je réalise qu'à côté des ouvrages que consultait Emmanuelle, il y a deux jours les *Sciences et Vie Junior* que je suis en train de feuilleter me font passer pour un moins que rien. Des revues contre des livres d'art, j'ai l'air d'un cave.

Je m'apprête à aller le voir pour me justifier, mais c'est lui qui revient vers moi. Il a visiblement quelque chose à me dire.

— T'es au courant de ce qui s'est passé au fait ?

— Heu… non. Qu'est-ce qui s'est passé au fait ?

— Martine Le Naour a perdu son mari.

— Ah ? Non, je ne savais pas. J'étais au lycée cet après-midi.

— Les gendarmes ont appelé le collège ce matin. Lens est allé la prévenir dans sa salle d'espagnol. Elle s'est effondrée.

— Pourquoi les gendarmes ? Comment est-il mort ?

— Il s'est noyé en mer.

— C'était un marin ?

— Penses-tu ! Il était à la retraite. Il faisait de la plaisance.

— Il était aux Glénan ?

— Non, son truc à lui c'était les anglo-normandes. Il allait souvent jusqu'à Guernesey. Quatre ou cinq fois par an m'ont dit les collègues. Ils ont même ajouté en rigolant qu'il s'agissait d'une veille habitude de contrebandier ! Enfin bref, là il en revenait justement. D'après ce que j'ai compris, il serait tombé cette nuit à la mer.

— Où ?

— Son bateau a été retrouvé vide au large de Penmarch. Comme il était seul à bord, personne n'a pu donner l'alerte. C'est un pêcheur qui a retrouvé le bateau vide au petit matin et qui a prévenu les secours.

— Il naviguait seul ?

— Oui… Martine ne supportait pas le bateau, elle ne l'accompagnait jamais.

Quand je mets Béa au parfum de ce qui s'est passé au collège dans la journée, elle me fixe un moment, le temps qui lui serait nécessaire pour exprimer un peu de compassion, mais rien ne vient. Papa Guirriec a tout pris. Ma dépêche nécrologique la traverse sans faire résonner quoi que ce soit.

Elle me demande si je les connaissais les Le Naour, lui ou sa femme, façon de dire : qu'est-ce que ça peut te faire ?

Pauvre Le Naour, celui-ci ne sera pas pleuré lerche à la maison. Après un jeune papa tué par un lâche chauffard, c'est pas un retraité tombé à la mer au retour d'une bordée à Guernesey qui va ranimer la flamme de l'apitoiement. On a déjà donné. L'humain offre une capacité d'absorption à la souffrance somme toute assez faible. Je remballe mon Le Naour, un brin dépité, et je vais dans mon bureau, officiellement pour préparer mes cours, en réalité pour penser à l'architecture de mon roman archéologico-policier.

Le lendemain de ce triste jour, Emmanuelle sollicitait l'autorisation d'aller pour le week-end chez sa copine Manon.

— Si tu veux voir ta copine, répond sa mère, cette fois, c'est toi qui l'invites, tu ne vas pas toujours t'imposer chez les autres, ça commence à faire beaucoup.

— …

— C'est vrai quoi, à la fin… Pourquoi est-ce qu'elle préfère aller chez Manon ? Pour être ensemble, elles peuvent aussi bien être à la maison, non ? Qu'est-ce qu'ils font ses parents au fait, tu le sais, toi ?

— Je n'en sais rien, moi ce qu'ils font les Le Borgne, j'espère qu'ils ne tiennent pas un hôtel c'est tout.

— Pourquoi ça ?

— Bah… Parce que l'hôtel Le Borgne…

— Ah, très drôle. Tu sais, je n'ai pas du tout envie de rire… La petite Marie Guirriec est revenue en classe aujourd'hui. Ça m'a fait un drôle d'effet de la revoir.

— Ça c'est passé comment ?

— Pas bien au début. Elle ne voulait pas laisser sa mère partir… Finalement, j'ai dû la prendre dans mes bras pour laisser la maman s'en aller… Elle a pleuré un peu et puis elle s'est calmée. J'ai fait attention à elle toute la journée, je mettrai un point d'honneur à ce qu'il ne lui arrive rien de fâcheux à l'école.

— Tu lui as reparlé de la pochette oubliée par son mari ?

— Oui, elle a fait une drôle de tête au départ, mais quand je lui ai décrit le collègue de son mari, elle a dit que c'était bon.

— Bon…

*

*　*

— Puisse le Seigneur accueillir en son sein celui qui nous a quittés si précipitamment. Reportez-vous au chant trente-deux : *Il est avec nous !*

C'est la première fois que j'assiste à l'enterrement d'un type que je n'avais jamais vu ! Le prêtre a eu beau nous dire tout à l'heure que nous devions garder de lui l'image de l'homme souriant qu'il était. Pour moi, le Naour ça restera jamais qu'une boîte en châtaignier avec quatre poignées en laiton.

C'est le principal qui m'a emmené là-dedans.

— Ah ? Monsieur Le Noac'h, vous vous plaisez bien dans notre établissement ? Malgré les circonstances tragiques que nous traversons actuellement... Je recherche justement un jeune collègue pour venir assister à la messe de monsieur Le Naour. Il me paraît important d'entourer notre collègue Martine de toute notre attention. Je souhaiterais qu'il y ait des représentants de toutes les catégories du personnel. Accepteriez-vous de venir à la messe vendredi ? Bien entendu, vous serez déchargé de cours pour la journée.

Je n'allais pas dire non, façon Béa, « cause toujours, même pas triste ». Je me suis laissé embarquer.

Bonne poire.

Je suis donc en train d'assister à la messe d'adieu de feu Marcel le Naour, lequel par sa maladresse réussit, sur ses heures dernières, à égaler Tabarly. Les raisons pour lesquelles il s'est retrouvé à la baille en pleine nuit, un soir de semaine, l'oraison funèbre ne le dit pas. Il faut dire que ça aurait un petit rapport avec la boisson ce plongeon nocturne que je ne serais pas étonné. Mais bon, ce sont des choses qu'on ne dit pas à une messe d'enterrement.

L'assistance se lève. Et après les enfants Le Naour, c'est au tour de Lens de contribuer au tressage de couronne de lauriers de feu Le Naour. Il s'avance vers l'autel, tête baissée, les yeux rouges. Il n'y va pas avec le dos de la cuillère dans son oraison funèbre,

Lens. Il s'autopromeut membre de la famille, oncle d'Amérique, proche d'entre les proches, pour faire le panégyrique du mort. Il a même les larmes aux yeux, l'animal.

Le soir, comme convenu, Manon est arrivée avec son cartable et ses bagages pour le week-end à la sortie du collège.

— Vous allez faire vos leçons maintenant les filles, comme ça vous serez tranquilles pour la fin du week-end, a prononcé Béa, la voix de fer dans une écharpe de velours.

Les deux gamines se sont exécutées sans rechigner mais en n'en pensant pas moins. Ça se voyait comme leurs nez au milieu de leurs visages. Manon se demandait dans quel traquenard elle était tombée. Un week-end dans une maison de profs, comment avait-elle pu accepter une invitation pareille ?

Pendant que les deux collégiennes recherchaient leurs manuels dans leurs cartables respectifs, je me suis redressé lentement dans le canapé pour passer de la position de la lavasse latitudinaire à celle d'un père de famille consultant simplement son journal après une dure journée de travail. D'autant que la une du *Ça m'intéresse* ne plaidait pas en ma faveur, elle titrait sur *le désir sexuel, comment ça marche ?* avec une poitrine avenante en couverture.

J'aurais pu arguer qu'avec ses faux airs de *Playboy*, *Ça m'intéresse* reste un magazine scientifique,

que tout ça c'est de la politique éditoriale racoleuse, que je cherche de la documentation pour un roman sensationnel que j'écris en ce moment... qu'il ne faut pas se fier aux apparences... mais j'ai préféré me redresser.

Tout le monde est couché quand je monte les escaliers avec mes revues du CDI sous le bras pour aller au pieu. Je passe devant la chambre de Louise. Ça dort. Devant celle d'Anna, il y a encore de la lumière. Elle s'est endormie sur son livre. J'éteins sa lampe et je quitte sa piaule à pas de loup.

Devant celle d'Emmanuelle, pas de lumière mais de la musique. J'entends aussi les filles discuter à bâtons rompus, elles ne sont pas près de dormir, les pipelettes ! Je passe mon chemin.

Quand j'entre dans notre chambre, Béatrice est plongée dans un opus du docteur Murphy, celui-ci s'intitule *L'impossible est possible... Libérez votre énergie créatrice.* Tout un programme.

— Tu montes déjà ? Je croyais que tu devais travailler sur ton roman de la momie, lâche-t-elle comme si j'étais Théophile Gautier, sans détacher ses yeux de son livre.

C'est vrai, elle a raison j'avais dis ça, mais en lisant le *Ça m'intéresse* sur l'Égypte, j'ai un peu dévié sur l'article annoncé en couverture, *Le désir sexuel comment ça marche ?* Ça m'a donné des idées. C'est bien fait ces articles. Il y a des données scientifiques, plein de conseils pratiques et puis des illustrations… ça donne envie d'expérimenter par soi-même.

Le problème, c'est que Béa est plongée dans son "essai". Elle n'a même pas un regard pour moi quand je me glisse dans la couche. Je prends une revue au hasard et je fais semblant de lire quelques minutes. Je n'attaque pas aussi sec, à peine sous la couette avec une main au panier, je ne manque pas de psychologie à ce point-là, pas après tout ce que je viens de lire. Bien que j'ai les spermiducs dilatés au maximum, j'ouvre donc, l'air de rien, un vieux *Télérama,* au pif, à la rubrique théâtre et je feins de m'intéresser à la vie parisienne. Mais au lieu de m'imprégner de la critique d'*Henry IV* mis en scène par Yann Joël Colin, un jeune metteur en scène plein d'avenir, je vois apparaître en surimpression les playmates du *Ça m'intéresse*. Au bout de quelques minutes, je tente une approche discrète, annonçant néanmoins clairement des intentions voluptueuses.

— Arrête, j'ai pas envie.

— Justement j'ai appris des trucs.

— Déconne pas, je ne veux pas, je te dis.

— Tu sais que le désir féminin est très lié aux stimulations tactiles ?

— Peut-être, sûrement même, mais là, ça ne m'intéresse pas !

— En Inde, il existe des techniques de massage qui préparent tellement bien à l'amour…

— Merveilleux, mais ce n'est pas le moment…

— Dans la région du Maharashtra, les princes d'Ahmadnagar enduisent le corps de leurs amantes d'eau d'hamamélis…

— J'ai dit non ! Les filles sont juste à côté ! Je ne veux pas qu'elles nous entendent !

— Tu parles ! Elles sont en train de papoter, elles ne nous entendront pas et puis on n'a qu'à mettre la radio.

— Ça ne suffirait pas, tu le sais bien.

— T'es pas obligée de hurler…

— Tu m'énerves, je te dis que je ne veux pas, pas ce soir. C'est clair !

Ça pour être clair, c'est clair. Bien vu *Ça m'intéresse*, ça m'apprendra !

Remis à ma place par Béa j'attrape le premier livre qui traîne à ma portée : *Ruy Blas* !

La soirée tourne définitivement au tragique.

Je me relève aussitôt, officiellement pour aller boire un verre d'eau dans la salle de bain, officieusement pour faire baisser ma température interne.

Ça bavarde toujours dans la chambre d'Emmanuelle. En passant, je jette une oreille, comme ça, sans volonté inquisitrice, juste deux secondes, histoire de savoir de quoi elles causent. Je ne suis pas du genre à écouter aux portes.

Il est encore question de Le Moal ! Une vraie manie. Comme quoi il ne serait pas clair… ou je ne sais quoi encore, j'entends assez mal. Elles sont en train de lui refaire le portrait à “Nature Morte” ! Une phrase seulement émerge, une phrase de Manon : « Avec toutes ses copies, il doit gagner un max. »

Quelle connerie ! comme si les salaires des profs étaient indexés sur le nombres de copies à corriger ! Manquerait plus que ça. Ça déblatère dur sur le dos des enseignants encore ! Et dans la chambre de ma propre fille en plus !

IV

Novembre.

Dans mon casier, les feuilles de l'administration s'empilent sans que j'y prête attention, c'est l'automne. Humus administratif. Tout ça doit pouvoir attendre, voire rester lettre morte.

La prose bureaucratique… je n'ai pas vraiment envie de faire l'effort.

À propos de prose, je m'apprête à rentrer chez moi en sortant du lycée quand je réalise que j'ai oublié au collège le sac de livres que m'a prêté ma collègue de français jolie-et-très-sympa-ce-qui-ne-gâche-rien, sac qui contient *L'Affaire du Dahlia noir*, de Steve Hodel que, d'après ma collègue de français jolie-et-très-sympa-ce-qui-ne-gâche-rien, je dois lire absolument si je veux connaître la vérité sur le fameux meurtre. Donc j'hésite dix secondes : rentrer à la maison directement et remettre ça à lundi ou faire un crochet par le collège pour connaître la vérité sur le *Dahlia noir*…

Je choisis le crochet.

Le destin, ça tient à peu de chose. Le crochet, j'aurais dû éviter. La vérité peut toujours attendre, en fait.

Quand j'arrive dans la salle des profs du collège, quelques collègues saisissent leurs moyennes, directement sur le bulletin, à la plume. J'ouvre mon casier pour prendre mon "pochon" de chefs-d'œuvre littéraires, comme on dit dans le Sud-Ouest, quand il me vient une idée : regarder dans les bulletins des 6e B, afin de prendre connaissance du relevé trimestriel de ma fille en avant-première. J'ouvre le classeur format à l'italienne tout en récitant mon alphabet. Le Noac'h Emmanuelle… et je reçois une décharge électrique. Comment est-ce possible ? Que s'est-il passé ? Toutes les moyennes d'Emmanuelle sont inférieures à la moyenne. À l'exception de deux ou trois profs qui n'ont encore rien inscrit, c'est l'échec dans toutes les disciplines. Les maths, l'histoire, l'anglais, elle qui adorait ça, et même… le français. Ma propre fille !

Je suis comme un personnage de bandes dessinées, immobile, des points d'interrogation au-dessus de la tête. Qu'est-ce qui a pu provoquer une catastrophe pareille ?

Lorsque les collègues qui étaient voûtés au-dessus de leurs classeurs de bulletins, occupés eux aussi, à "assassiner" de pauvres élèves et leurs parents à coups de "manque de travail" et "d'insuffisant", relèvent la tête dans ma direction afin de comprendre pourquoi je me suis statufié depuis quelques secondes, quelques minutes peut-être ; je me ressaisis, je referme le classeur contenant l'énoncé du verdict et je me dirige vers la sortie, en oubliant mon pochon…

Ce qui m'inquiète le plus ce ne sont pas tant les mauvais résultats de ma fille que les raisons dudit bulletin. Comment se fait-il qu'Emmanuelle nous ait tu tous ces échecs ? Pourquoi n'a-t-elle jamais demandé notre aide ? Pourquoi même nous avoir caché ses résultats ? Plus je réfléchis à la situation et plus j'acquiers la conviction que quelque chose ne va pas dans la vie d'Emmanuelle.

Chemin faisant, je vais jusqu'à formuler l'hypothèse que tout cela est probablement dû à de mauvaises fréquentations, ma fille s'est laissé entraîner. J'accable Manon Le Borgne. Une telle déviance scolaire, ça ne peut pas venir de notre sang.

À la maison, la voiture de Béa est déjà là. D'habitude, le vendredi soir, je suis là avant elle, mais là, les moyennes, le pochon, le bulletin… ça m'a mis en retard. J'emprunte le chemin gravillonné qui va jusqu'à l'entrée.

Je me fais l'effet d'être le gendarme qui vient sonner à la porte, « vous êtes bien madame Le Noac'h ? ». Le porteur de mauvaises nouvelles. « Nous avons le regret de vous apprendre que votre fille a plié son bulletin du premier trimestre ! »

À peine entré, je mets Béa au courant, sans préliminaires.

— J'étais sûre qu'elle nous cachait quelque chose. Elle n'a plus confiance en nous. Ça ne me plaisait pas ses sorties avec Manon, j'avais raison ! je suis certaine qu'elle y est pour beaucoup.

La pauvre gosse en reprend pour son grade, les oreilles doivent lui tinter à la petite Manon.

— Le pire, tu sais où elle est ta fille en ce moment ? m'interroge Béa.

Je réponds par la négative. Je n'ai pas révisé.

— Précisément chez Manon !

Il y a du fatum dans l'air et je sens qu'on s'achemine vers une fin tragique. Mais qu'est-ce qui m'a pris de vouloir connaître la vérité sur le *Dahlia Noir* ?

Béatrice et moi discutons un long moment avant de prendre une décision. On a pesé le pour et le contre et puis on a tranché. Béa souhaite avoir une discussion le plus rapidement possible avec sa fille. Il est au-dessus de ses forces d'attendre jusqu'à dimanche soir, « et puis d'ailleurs ce serait irresponsable ! ». On va retirer aux Le Borgne la garde de notre fille pour le week-end.

C'est moi qui suis chargé de la corvée. Comme pour la déchetterie. À moi d'aller expliquer aux Le Borgne que leur fille est probablement une mauvaise fréquentation et que notre enfant, fille de profs, est en échec scolaire aigu, ce qui est insupportable, que par conséquent il n'est plus question de s'amuser ou de sortir, mais de réagir. Pourquoi moi au fait ? Pourquoi pas Béa ? Elle aussi a son permis. Il ne faut pas chercher, quand le fatum s'en mêle, on ne peut pas lutter, on n'a pas les endosses.

Au volant, je répète ce que je vais bien pouvoir dire aux Le Borgne après avoir sonné, lorsque je les aurai devant moi. Je les connais à peine.

Est-ce que je dois prendre un air léger, évasif ? « Excusez-nous, on a juste un léger détail à régler en famille » ou au contraire tout leur expliquer. Le père prof, rigide sur le bulletin, je vais peut-être avoir l'air un peu con. Si ça se trouve, ils vont me prendre de haut : « Eh, cool, Ach ! il n'y a pas que l'école dans la vie, laisse-les s'amuser les mômes ; on a été à leur place, tu sais ce que sais. C'est que le premier trimestre, elle va se rattraper ! ». C'est vrai après tout, ils ont peut-être raison, les Le Borgne. Béa et moi, on s'inquiète peut-être à tort.

J'aurais voulu que ce soit Béatrice qui y aille, elle est plus douée que moi dans ce genre de situation, elle sait s'y prendre sans se poser de question. Elle ne répète pas, Béa. Elle fait ce qu'elle a à faire. Point.

Finalement, je m'inquiétais pour rien, je n'ai pas eu à m'égosiller longtemps pour me justifier devant les Le Borgne, parce que quand je suis arrivé chez eux, ma fille, elle, n'y était pas. C'est monsieur Le Borgne lui-même qui m'apprend qu'il n'a jamais été question d'accueillir Emmanuelle pour la fin de semaine, pas cette fois. Bref, qu'Emmanuelle n'est pas chez eux. Pendant une seconde, j'ai l'image de l'affiche des enfants disparus qui me passe devant les yeux, celle de la poste, celle qui me coupe les pattes quand je pousse la porte pour sortir. Je manque réellement de défaillir, je sens mon sang qui s'évapore. Ma fille ? Où est-elle ? Je me mets à la place de ceux qui n'ont aucune réponse à cette question, un jour, un mois, un an, après la disparition. Une vie. Et puis je me raisonne.

On ne m'a pas enlevé ma fille, c'est elle qui nous a dit qu'elle allait chez Manon. Elle nous a menti. Soit, c'est très grave, jamais je n'aurais cru ça d'elle. Elle se fout de nous carrément, mais rien d'irrémédiable. Manu déconne à plein tube c'est tout.

Le Borgne voit à mon air qu'il n'a pas intérêt à prendre la chose à la légère, il m'invite à entrer. Madame nous rejoint dans le hall. Je leur explique la situation en trois mots. Le bulletin. Ma surprise. Mon inquiétude. Il réagit efficacement, monsieur Manon, il appelle aussitôt sa fille et lui demande si elle est au courant de quelque chose, qu'étant donné la situation, il serait inacceptable de ne pas parler. Que c'est une obligation de dire tout ce qu'elle sait. Il est bien, en fait, cet homme. Il assure à ma place, parce que mézigue avec ses jambes qui flagellent et son palpitant qui joue la toccata fugue, il ne faut pas compter sur lui. Manon répond que non, Emmanuelle ne lui a rien dit.

Je n'ai donc plus rien à faire ici. J'ouvre la porte d'entrée, en l'occurrence de sortie, et je me dirige vers ma voiture. Je n'ai jamais moins su où je devais aller. Alors que j'ouvre ma portière, j'aperçois Manon entre ses deux parents, sur le pas de leur porte. Les parents sont tournés vers leur fille qui semble leur parler. Pendant que je m'assois au volant, je vois le père qui tend la main dans ma direction. La vie continue chez les Le Borgne. Je suis en train de faire démarrer mon moteur quand la petite Manon s'élance vers ma voiture, en courant. J'ouvre ma vitre. Elle arrive à ma hauteur alors que la glace descend encore et me balance tout de go :

— Emmanuelle est allée chez monsieur Le Moal. Elle m'avait dit de garder ça pour moi, mais je préfère vous le dire…

Après un temps pour accuser le coup, j'allais lui demander ce que ma fille foutait chez monsieur Le Moal, un vendredi soir, dans le plus grand secret, mais Manon me prend de court.

— Il habite à l'Île-Tudy, au 10 de la rue Principale. Je ne peux pas vous en dire plus.

Je démarre aussitôt, j'en ai assez entendu. Pour les détails, on verra plus tard. Direction l'Île-Tudy, petit village du littoral bigouden qui, comme son nom ne l'indique pas, n'est pas une île, mais une presqu'île. 15 bornes que je m'apprête à tailler à la vitesse du son, comme dans les films, sauf que là, personne n'a fait de repérage pour dégager la route des autres automobilistes qui, eux, roulent aussi très vite alors qu'ils n'ont personne à sauver.

Qu'est-ce qu'il peut bien foutre avec ma fille ce gros dégueulasse ? Elle qui s'intéresse à l'art, si ça se trouve il lui a fait le coup des cours particuliers ! Je vois d'ici les leçons du Lewis Carroll de la peinture. Il va voir. Si cette ordure a touché à un cheveu de ma fille, je le réduis en bouillie. Je le pressure comme un tube de gouache et j'en fais sortir de quoi repeindre sa maison. Je me lance dans l'art pariétal en puisant dans son abdomen avec mes pognes. J'invente un nouveau concept pictural, le peintre comme matériau de sa propre œuvre. Je le métonymise Le Moal. Méconnaissable qu'il va être. « Vous avez vu l'artiste ? Il est chez lui, étalé sur le mur. »

Ça va être sa période rouge.

Plus je fonce en direction de l'Île-Tudy, plus je vois rouge d'ailleurs, tout rouge. J'ai l'imagination qui fonctionne à plein régime. Comme le moteur, dans le rouge lui aussi. Cinq mille, six mille tours minute.

Le 10 de la rue Principale, je ne mets pas de temps à le trouver. C'est Hauteville House… Une maison gigantesque de deux étages, tout en granit, avec accès direct à la plage, vue sur la Rivière de Pont-l'Abbé et un jardin plein de cyprès ceint d'un mur en pierre de deux mètres de haut dans lequel s'incruste un portillon en bois.

Tout est allumé là-dedans. Je pige aussitôt où le collègue s'adonne à son art : à l'étage une énorme verrière domine le jardin.

Il a les moyens, Le Moal. Ce n'est pas avec ses émoluments d'enseignant qu'il a pu s'acheter une baraque pareille, même sur trente ans.

Je me gare en trombe devant la muraille, je sors de ma voiture comme un diable de sa boîte et je me dirige vers le portail en bois blanc, décidé à entrer sans sonner.

Je suis sur le point de tourner la clenche quand j'entends une voix :

— Papa !

Arrêt sur image.

Je m'immobilise devant la porte comme frappé par la foudre. Je regarde autour de moi, derrière.

— Papa ?

Ça vient d'en haut. Je recule pour être en mesure de bigler au-dessus du mur en pierre, la voix qui tombe du ciel semble venir de cette direction.

Alors que je suis au milieu de la rue, la voix remet ça :

— Papa ?

Je balade mon regard à la recherche de ce qui, selon toute probabilité, doit être ma fille et soudain je l'aperçois, tenez-vous bien, perchée dans un des cyprès surplombant le parc de la maison, façon chiche capon.

— Papa, qu'est-ce que tu fais là ?

— Comment ça ce que je fais là ! Tu pousses un peu ! C'est le monde à l'envers : qu'est-ce que “tu” fous dans cet arbre ?

— Chut ! Ne fais pas tant de bruit, je vais tout t'expliquer.

J'y compte bien. Je suis curieux de savoir ce qu'elle va bien pouvoir me sortir pour justifier sa présence dans le jardin de son professeur de dessin. Si elle tente de se disculper en commençant par « tu vas rire… », je crois que je la claque. En attendant, je la laisse descendre sans m'énerver, mieux vaut ne pas la courroucer, qu'elle ne décide pas de remonter passer sa vie là-haut pour braver son père, il y a des précédents.

Je l'observe descendre les branches avec agilité. Elle se débrouille bien. Elle a toujours été agile, ma grande, l'escalade, les rochers, les arbres, tout ça elle a toujours adoré, depuis toute petite. Finalement, je suis content de la retrouver comme ça. Je ne peux pas m'empêcher d'être heureux de la contempler en train d'évoluer librement, en pleine nature. C'est sûr, elle déconne à plein tube, elle s'est lancée dans des conneries grand format. Un arbre, en pleine nuit, chez Le Moal : une explication s'impose, voire une rouste.

Mais au vu de ce que je redoutais, c'est plutôt une bonne nouvelle.

Tandis qu'elle se pend par les bras à la branche la

plus basse afin de se laisser tomber en douceur, attention ma belle, je remarque qu'elle s'est habillée avec son pantalon de randonnée et sa parka bleue. Autour du cou, elle a sa paire de jumelles pour l'observation des oiseaux que je lui ai offerte à son dernier anniversaire. C'est la grande équipée. Mission castor junior. Je ne sais pas ce qu'elle manigance dans l'arbre de Le Moal, mais elle fait ça sérieusement. Rien n'a été laissé au hasard. Manque plus que l'hélicoptère Apache derrière le jardin pour venir la récupérer. Opération terminée. « J'ai un cliché de Nature Morte dans son atelier, on rentre à la base ! ».

Non mais franchement, qu'est-ce que c'est que tout ce cirque ? Elle a peut-être fait un pari avec ses copines : « chiche que je photographie Le Moal à poil dans son bain ! »

Impossible : je l'aurais chopée dans le jardin de son prof de sport, le grand Mentec, j'aurais pu supputer des velléités licencieuses préadolescentes, mais là, avec Le Moal ! Alors quoi ? Qu'est-ce qu'elle peut bien foutre ici en pleine nuit ?

Le portillon s'ouvre tout doucement et Emmanuelle apparaît dans la rue. Elle le referme précautionneusement puis elle se retourne et me fixe du regard sans bouger, paralysée par la trouille. Le Moal l'aurait surprise, elle n'aurait pas fait une autre tronche ! Je me rends compte alors qu'elle porte mon bonnet de laine bleu marine sur la tête – un détail qui m'avait échappé – et qu'elle a les fossettes passées au charbon. Maquillage commando.

Un père digne de ce nom se ruerait alors sur sa fille pour la tirer par la main afin de la ramener à la maison, lui mettre la tournée de sa vie. « Qu'est-ce que c'est que ce maquillage ? Où est-ce que t'es encore allée traîner ? Depuis quand tu nous mens à ta mère et à moi ? etc. » Moi je reste pantois. Comment réagir face à un truc pareil ? D'ordinaire, quand une collégienne met du rimmel et roule ses parents dans la farine, c'est pour rejoindre un Jules. Ma fille, c'est pour grimper aux arbres.

— Allez, monte dans la voiture ! Tu vas me fournir une explication à tout ce micmac. Et circonstanciée l'explication. Il va falloir insister sur les détails et faire des descriptions. Tu n'as pas intérêt à jouer au plus fin. Je veux la Vérité et toute la Vérité.

— Oui, P'pa.

Une fois dans la voiture je me tourne vers Emmanuelle qui s'est assise à la place du passager.

— Tu peux démarrer… il vaudrait mieux ne pas rester là, on ne sait jamais, me dit-elle.

J'accède à sa requête, la dernière volonté du condamné. Surtout que si Le Moal venait à sortir de chez lui, il pourrait se demander ce que je fous devant sa porte en compagnie de Fantômette. Je démarre donc et on descend la rue jusqu'à la plage. Je gare la Volvo face à la mer et je me tourne vers ma fille.

— Et maintenant, à table ! J'aime autant te dire que tu as aiguisé ma curiosité. T'as intérêt à être loquace. Peux-tu m'expliquer ce que tu foutais dans un arbre chez ton professeur d'arts plastiques habillée en SAS ? T'attendais un parachutage ? Je t'écoute !

— C'est une longue histoire.

— Arrête, on n'est pas au cinéma. Commence par le début.

— Ben voilà… Comme je te l'ai déjà dit, monsieur Le Moal est un bonhomme vraiment très bizarre. Tu sais, je t'en ai déjà parlé… J'ai remarqué quelque chose d'étrange. Un jour, en classe, au mois de septembre, quand monsieur Le Moal nous avait demandé de nous amuser à détourner un tableau célèbre, j'avais remarqué qu'il faisait l'exercice en même temps que nous. Ça m'avait intriguée. Pendant qu'on essayait de faire ce qu'il nous demandait, il observait une reproduction très attentivement et ébauchait des esquisses au crayon à papier. Son bureau était jonché de crayonnés. Curieuse, j'ai fait celle qui voulait lui demander quelque chose et je suis allée à son bureau. Pendant qu'il me répondait, j'ai regardé ce qu'il faisait. En fait, il reproduisait toujours le même détail d'un tableau. Il s'entraînait. Comme il nous l'avait appris, j'ai lu l'indication qui se trouvait sous la reproduction pour savoir de quelle œuvre il s'agissait et dans quel musée on pouvait voir le tableau. C'était *813 par 1275*, d'Helmut Riffke, un tableau moderne exposé au musée de Bâle en Suisse. Bon. Mais une semaine plus tard, alors qu'on était chez Mamick, j'ai vu un reportage à la télé. Une tentative de cambriolage venait de se produire au musée de Bâle. Ça m'a frappée. Une équipe de malfaiteurs s'était introduite dans le musée, la nuit, et avait déclenché l'alarme. Paniqués, leur coup raté, ils avaient dû s'enfuir, apparemment sans rien emporter. L'enquête n'a jamais pu démontrer ce qu'ils étaient venus chercher. Drôle de coïncidence, tu ne trouves pas ?

— Quoi ? c'est tout ? Bah, t'as raison, c'est grave. Un collègue vous donne un exercice, il le fait avec vous. Donc c'est un gangster. Donc tu grimpes aux arbres !

— Attends, je ne t'ai pas dit le meilleur. Trois semaines plus tard, alors qu'on était occupés à faire un autre travail en classe, enfin pas tous, parce que beaucoup d élèves allaient et venaient et faisaient n'importe quoi, mais bon pendant ce temps-là donc, Le Moal était reparti à refaire des esquisses d'après une reproduction, une autre, différente. Ça a éveillé ma curiosité, alors je suis allée au lavabo faire semblant de laver mes pinceaux et je l'ai observé. C'était le même manège. Il s'entraînait encore à recopier un tableau. Pour retourner à ma place, j'ai fait un détour et je suis passée derrière lui pour lire les références de la toile. C'était *Le marché aux fleurs de Lubeck* de Hans Gaüser. Ça te dit quelque chose ?

— Non désolé, ça ne me dit rien du tout. Juste qu'il faut que je me méfie un peu plus de mes élèves quand ils passent derrière mon bureau parce que s'il s'en trouve un dans ton genre, Dieu sait ce qu'il va imaginer sur mon compte !

— *Le marché aux fleurs de Lubeck* se trouve au musée de Quimper, et, attends, ce n'est pas tout. Tu sais ce qui va se passer au musée de Quimper la semaine prochaine ? Va débuter une exposition temporaire intitulée *L'avant-garde russe*. Or, cette exposition itinérante tu sais dans quel musée elle se trouvait juste avant ? Au musée de Bâle ! Tu te rends compte !

— Emmanuelle, tu m'inquiètes. Tout ce que tu me dis là n'a ni queue ni tête, ces événements n'ont probablement aucun rapport. C'est ton imagination luxuriante qui crée des liens là où il n'y en a pas. Ça ne m'explique toujours pas ce que tu fous dans le jardin de Le Moal !

— Je cherchais des preuves… Parce que je suis convaincue qu'il est dans le coup du vol raté du musée de Bâle et parce que je pense que Le Moal et ses complices vont commettre un autre vol, au musée de Quimper cette fois !

— Et quand bien même Le Moal copierait des tableaux pour arrondir ses fins de mois, c'est son droit ! Qu'est-ce que tu viens faire là-dedans ?

— Je veux savoir…

Là, c'est trop. Ma fille qui se prend pour l'inspecteur Colombine, ça a du mal à passer, je tente de la faire taire mais elle surenchérit aussitôt…

— Je sais que j'ai raison. Tiens, tu veux une preuve. Le lendemain du jour où a eu lieu le cambriolage manqué du musée de Bâle, Le Moal était absent en cours, ce qui ne lui arrive jamais.

— Moi aussi il m'arrive de ne pas aller en classe, la plupart du temps d'ailleurs parce que toi et tes sœurs vous êtes malades, ce n'est pas une raison pour m'attribuer tous les cambriolages du jour ! Et puis un vol au musée de Quimper, excuse-moi mais…

— Détrompe toi, il y a des tableaux de grande valeur au musée des Beaux-Arts de Quimper, en tout cas suffisamment intéressants pour attirer des voleurs à défaut du grand public. Et puisque tu poses le problème… j'y ai déjà réfléchi et je suis arrivée à la conclusion suivante qu'il est plus facile de cambrioler un petit musée qu'un gros. Les petits musées sont bien moins protégés, et puis tu sais, les œuvres très célèbres sont non seulement très bien gardées, mais elles sont surtout invendables. Elles n'ont pas de valeur marchande parce qu'aucun collectionneur ne prendrait le risque de les acheter. Trop connues. Non j'ai bien retourné le problème dans tous les sens, à mon avis si Le Moal s'entraîne à recopier des tableaux qui se trouvent dans des musées c'est pour remplacer les originaux par des copies. Ni vu ni connu. Imagine, une copie parfaite, du jour au lendemain à la place d'un original. Il peut s'écouler beaucoup de temps avant qu'on s'en rende compte. Parce qu'un bon copiste travaille avec des peintures très particulières qui reproduisent les teintes passées, patinées, vieillies… si bien qu'à l'œil nu même un connaisseur peut se laisser abuser. D'autant qu'évidemment, les voleurs laissent l'encadrement d'origine ! Des années peuvent donc s'écouler avant que l'on s'aperçoive de la supercherie. Il faudrait qu'un spécialiste veuille étudier le tableau en détail pour que l'imposture n'éclate. Et encore ! En fait, on peut imaginer que des gens peu scrupuleux font passer des commandes à des collectionneurs avides de posséder des œuvres qui se trouvent dans des musées. Après quoi, ils font exécuter des copies par des spécialistes comme Le Moal. Il ne reste plus alors qu'à procéder à l'échange. Copie contre original. Et voilà le travail ! Et je suis sûre que la bande de Le Moal profite de l'exposition itinérante sur l'avant-garde russe pour procéder aux échanges…

Quand je pense au mal que je me donne pour imaginer une intrigue de roman policier ! Au début ça semblait foireux son histoire, mais en fait c'est plutôt bien construit. Elle a du talent ma fille, peut-être plus que moi. Y a pas, la littérature, les Le Noac'h, on a ça dans le sang ! On est des imaginatifs, c'est plus fort que nous. Le monde est trop plat, il faut qu'on mette un peu de relief, qu'on poétise. Emmanuelle, en cours, elle s'emmerde. Total, pour embellir sa journée, en cinq sec, elle t'imagine un roman bâti aux petits oignons. Comme ça, rien qu'en fabulant à partir d'un collègue un peu original.

Le problème, c'est que son roman elle y croit dur comme fer, tandis que moi la création ne m'a jamais fait grimper aux arbres !

— Et tu crois peut-être que Le Moal, tout talentueux qu'il est, serait capable d'exécuter une copie parfaite d'après une reproduction dans un livre d'art ! Parce que, dans ton histoire, j'imagine mal Le Moal se pointer dans le musée en question pour planter son chevalet devant le tableau qu'il s'apprête à dérober !

— Bien sûr que non, ce serait trop imprudent. Quant au vol, ce n'est sûrement pas Le Moal qui en est chargé, sa main est trop précieuse pour qu'il la risque dans une expédition aventureuse. Mais là encore tu poses la bonne question. Comment copier un tableau d'après l'original sans se faire remarquer ? C'est la coïncidence de l'exposition itinérante qui passe dans les musées où se trouvent les œuvres que Le Moal copie qui m'a permis de trouver la solution. Lorsque l'exposition sur l'avant-garde russe arrive dans le musée, celui-ci est obligé de bousculer un peu son organisation habituelle, voire de vider une salle. Au musée de Quimper par exemple, deux expositions temporaires se trouveront dans le musée d'ici deux semaines. Il faudra donc faire de la place. C'est à l'occasion de tout ce remue-ménage qu'ils procèdent à l'échange. En fait, la copie est déjà prête. Certainement un complice en a pris une photo quelques semaines plus tôt. Laquelle photo est agrandie au format exact de l'original, ou un truc comme ça. Monsieur Le Moal n'a plus alors qu'à se mettre au travail. Et c'est là que Luc Fourrier entre en scène. Ce conservateur avait dû se rendre compte de quelque chose et les gangsters l'ont éliminé, ou alors c'était un de leurs complices et ils s'en sont débarrassés. La présence de sa voiture dans la rue de Serge Le Moal le jour de son suicide, c'était vraiment une coïncidence de trop.

Là, je suis bluffé. J'aurais dû prendre des notes, c'est brillant. Cette histoire-là, si je la publie, ça sera un best-seller, c'est clair. Incroyable ! Le coup du vol de tableau dans la remise du musée, il fallait y penser. Quel talent !

Dommage qu'elle ne se contente pas de les écrire ses histoires, ma fille. Du romancier au schizophrène, la limite est très ténue.

— Et dans ton arbre là, tu voulais voir quoi ? Si Le Moal avait un tableau dérobé dans son atelier.

— Oui éventuellement… J'étais en repérage…

— En repérage ! Parce que t'avais l'intention d'y retourner ! Tu veux en faire ta résidence secondaire du cyprès de Le Moal ? On arrête tout ! Je te retire l'enquête. On classe l'affaire. Je te ramène à la maison. Les aventures sont terminées.

— Tu ne me crois pas ?

— La question n'est pas là ! Je refuse que tu te mettes en danger dans des situations impossibles. Même si tout ce que tu dis est vrai, surtout si tout ce que tu dis est vrai, ce n'est pas une vie pour une gamine de 11 ans ! Je te rappelle que tu es inscrite au collège, que tu as des parents, des sœurs, un cartable, un vélo… et toutes ces sortes de choses. D'ailleurs ta mère veut te parler.

— De toute façon, j'allais rentrer…

— Où ça ? Chez Manon ou chez nous ?

— Chez nous… j'aurais dit que Manon ne pouvait pas m'héberger…

— Si je suis là, c'est parce que j'ai vu ton bulletin en avant-première ! Ta mère voulait que je te ramène pour que tu nous expliques comment t'en étais arrivée là, je suis partie te chercher chez ta copine, et me voilà. Tu piges le cheminement ?

— Oui… Mais j'allais rentrer, je te dis… Je n'aurais rien appris de plus ce soir.

— « Je n'aurais rien appris de plus ce soir… » Je rêve !

Je démarre aussitôt sans demander mon reste. Il est plus que temps de quitter le quartier.

Tout en continuant de morigéner ma fille, je fais demi-tour et je prends la direction opposée à la masure de Le Moal. Ce n'est pas le plus court chemin pour rentrer chez nous mais tant pis. Pas envie de croiser Lens.

Après quelques kilomètres. Je refais une station pour mise au point.

— Écoute, Emmanuelle. Je ne sais pas si tu réalises ce que tu viens de me faire vivre, les inquiétudes, les allées et venues, les mensonges, les risques que tu as pris et tout et tout… Je veux que tu me promettes de cesser immédiatement ton "enquête" à la noix. Laisse les voleurs de tableaux à leurs histoires et contente-toi de vivre ta vie de collégienne. Je veux bien cacher ton escapade nocturne chez Le Moal à ta mère, mais à condition que tu me jures qu'il ne soit plus question de cette histoire et surtout que tu te remettes au travail pour remonter tes notes au second trimestre !

— Je te promets.

— Bien entendu nos accords n'excluent pas toutes les sanctions que ta mère pourra prendre contre toi à cause de ton bulletin catastrophique. D'ailleurs à ce propos, nous sommes fin novembre, c'est foutu pour le premier trimestre, mais il reste quatre semaines avant Noël, je ne veux que des bonnes notes d'ici là. Entendu ?

— D'accord.

— Et maintenant, chez les Le Borgne. J'espère que ta mère ne les a pas appelés, parce qu'alors tu serais obligée de t'expliquer sur ton absence de chez eux ! Depuis le temps que nous sommes partis, ce ne serait pas surprenant. Béa doit commencer à être inquiète.

Je m'arrête en coup de vent chez monsieur et madame Le Borgne, officiellement pour les rassurer, officieusement pour savoir si Béa les a contactés. J'échafaude une histoire de "fréquentations douteuses heureusement sans conséquences" à propos de laquelle je reste évasif, pour justifier le cirque de la soirée et je salue tout le monde. Monsieur Le Borgne me remercie d'être repassé, lui et sa femme étaient réellement inquiets. Je leur bafouille que c'est normal, que sans eux, j'en serais encore à chercher ma progéniture je ne sais où et je les quitte, a priori pour la dernière fois de la soirée.

Quand je remonte dans ma voiture, la famille Le Borgne est de nouveau sur le perron pour assister à mon départ.

Manon fait un petit geste à l'adresse de sa copine, je lis dans son regard : « désolé, soeurette, je t'ai balancée, mais ça devenait un peu trop foireux ton histoire ». Emmanuelle lui répond en agitant légèrement les doigts à travers la vitre.

M'est avis qu'elle en savait plus qu'elle n'en disait, la Manon…

À la maison, Emmanuelle a le droit à une deuxième couche de réprimande parentale, elle supporte l'engueulade sans rechigner, elle s'y était préparée, j'avais déjà appliqué la sous-couche.

J'ai un peu mauvaise conscience d'avoir caché la vérité à Béa, mais j'assume. Je ne me voyais pas lui raconter l'équipée d'Emmanuelle chez son prof de dessin. À quoi bon l'inquiéter avec l'histoire à dormir debout inventée par sa fille ? Si Emmanuelle tient parole, tout ça sera vite oublié.

Comme prévu, Béa a assigné sa fille à résidence jusqu'à Noël. Autorisée à sortir de la maison, uniquement pour aller à l'école. Béa me charge d'ailleurs de faire savoir au collège qu'Emmanuelle n'est plus autorisée à sortir avant seize heures trente. Si un prof est absent, elle ira en étude. Quant à la danse, le mercredi soir, suspendue jusqu'à Noël. Aux grands maux, les grands remèdes. On adoucira la sanction quand les notes seront remontées au-dessus de la moyenne, bien au-dessus de la moyenne.

— Et maintenant à table, le dîner est servi !

Avant d'aller me coucher, je passe dans la chambre d'Emmanuelle lui dire un petit mot gentil ; allez savoir ce qui pourrait lui passer par la tête ? Je lui dis comme ça, sous le sceau de la confidence, que j'ai confiance en elle, qu'elle ne se fasse pas trop de souci.

J'espère qu'elle a vraiment l'intention d'arrêter de déconner.

Au lit, Béatrice lit. Tout en me déshabillant, je

repense à la soirée. Quel cirque ! J'en suis à la chaussette droite quand Béa m'adresse la parole :

— Eh, Ach'… Tu te souviens du collègue de monsieur Guirriec qu'est venu chercher la pochette dans ma classe ? Je me demande si c'était vraiment un douanier, en fait. La tête de madame Guirriec l'autre soir… Quand j'y pense, elle était vraiment bizarre. Tu trouves pas ça un peu louche, toi ?

J'ai le bras qui reste en suspens, chaussette en main.

*

*   *

Le lundi au collège, à dix heures, c'est le branle-bas de combat. Je pensais arriver à la bourre du lycée, en fait quand je déboule au galop dans la salle des profs, celle-ci est pleine à craquer. Personne n'est monté en classe malgré la sonnerie. Tout s'explique assez vite. Les collègues forment un cercle autour de Joseph Gaonach, le délégué syndical de l'établissement.

Jo Gaonach, représentez-vous un bloc de granit, duquel on aurait sorti un être humain en deux ou trois coups de burins maximum. Les contours ne sont pas très nets chez Jo. Sa barbe, et les cheveux qui lui restent, ne contribuent pas à finir sa silhouette. Si Anna le voyait, elle penserait sûrement qu'il a été mal colorié, qu'on a dépassé. Autant dire que quand il demande la parole dans la salle des profs pour informer les collègues sur les “régressions inquiétantes que l'État veut infliger au service public d'éducation”, on se tait.

Sauf Le Moal, assis un peu plus loin à gauche. Il feuillette un bouquin d'art. On lui annoncerait la suppression des arts plastiques pour l'année suivante qu'il continuerait de vaquer à ses occupations, Le Moal. Le discours de Jo Gaonach, ça ne lui fait ni chaud ni froid.

Je m'approche discrètement de lui, histoire de lui parler. Si je repère la moindre gêne, le moindre truc étrange dans son attitude quand il va me regarder, ça voudra dire qu'il a remarqué les conneries d'Emmanuelle.

Une fois que je suis à ses côtés, alors qu'il consulte toujours son opus, je lui demande aussi sec :

— Qu'est-ce qui se passe ? J'arrive tout juste.

Quand il relève les yeux afin de savoir qui s'adresse à lui de façon aussi intempestive, j'ai les châsses à l'affût, grossissement fois dix, prêt à interpréter le moindre affaissement de lèvres, le plus petit rictus, le plus imperceptible clignement d'yeux, le plus infime recul de tête, révélateur de trouble, d'émotion ou d'inquiétude.

— C'est Joseph qui nous parle de la grève de la semaine prochaine. On a une heure d'information syndicale.

Rien. Pas un signe d'étonnement ou de surprise en

me répondant. Ou ce type est un comédien exceptionnel, ou il n'a rien remarqué de la surveillance qu'Emmanuelle exerçait sur sa personne. Mais au fait, sait-il seulement qu'Emmanuelle est ma fille ? Comment le saurait-il d'ailleurs, puisque je ne le lui ai jamais dit ? Pour en avoir le cœur net, je reviens à la charge, avec un plus fort grossissement. Fois vingt :

— Au fait je voulais te demander, ma fille est dans une de tes classes et elle n'a pas fait un très bon trimestre dans les autres matières, tu peux me dire comment elle s'en sort chez toi ?

— Tiens, comment s'appelle-t-elle ?

Grossissement fois trente.

— Emmanuelle Le Noac'h.

— C'est ta fille ?

Soudain, il y a de la lecture sur le visage de Le Moal. J'avais surestimé sa capacité à camoufler ses réactions. Ça s'illumine de toutes parts sur son visage. Mais pas comme je redoutais. Il est hilare. Tout sourire. Les yeux dilatés. On dirait qu'il a bouffé le soleil.

— Mais elle est brillante ! Elle s'intéresse beaucoup à la peinture. Ses productions sont de grande qualité. Et quel sérieux ! Ah, si tous mes élèves étaient comme elle…

Il te faudrait un plus grand jardin et plus d'arbres, ai-je envie de lui répliquer. Mon pauvre Le Moal si tu savais à quel point tu te fourvoies ! Si tu savais ce qu'elle fait dans ton dos ma fille ! Elle passe son temps libre à essayer de te faire mettre derrière les barreaux ! Qu'est-ce que tu dis de ça ? Tout sourire en classe, acharnée à ta perte en dehors. Comme tartufferies on ne fait pas mieux. Une vraie cousine, ma fille. Je ne lui déballe pas tout ça évidemment au collègue. Je soliloque, du latin *solo,* tout seul, et *loqui*, parler. Je me consterne à propos de la nature humaine pendant qu'il dresse le panégyrique de ma fille.

Sacré Le Moal, apparemment je l'ai lancé sur un sujet qui l'intéresse, je n'arrive plus à l'arrêter. Le problème c'est qu'il est difficile de rester longtemps à l'écouter. Et ce n'est pas sa conversation qui est en cause. Son arôme plutôt. Comme s'il essayait de masquer l'odeur de moisi qui imprègne ses vêtements à coups de patchouli ou de je ne sais quoi ! En attendant, je peux être définitivement rassuré, et à tous points de vue. Non seulement Le Moal n'a pas remarqué les investigations menées par Emmanuelle, mais en plus ce type n'a rien d'un maffioso !

Soulagé, je me tourne vers Jo ; lequel s'échauffe de plus en plus à propos du patronat qui, chez nous, s'appelle le ministère. Il est fâché, Jo, il fulmine. Il y va à corps perdu dans la lutte. Il conclut son allocution quasi aphone en nous appelant donc tous à suivre le mouvement de grève du 27 novembre afin de défendre le service public d'éducation.

J'en serai, Jo, on les laissera pas faire.

*

* *

Le 26 novembre au soir, veille du jour de grève, je suis au lycée pour assister au conseil de classe des secondes 4.

Tout le monde est réuni autour de la table, les collègues, le proviseur, les délégués élèves, les délégués de parents, et Marine Auregan, professeur de physique.

Je fais des efforts pour ne pas lorgner trop souvent dans sa direction, éviter de la gêner, ce qui me gênerait aussi, mais c'est plus fort que moi, mes yeux sont comme l'aiguille de la boussole, ils y reviennent d'eux-mêmes.

Je les comprends mes châsses, elles ont repéré les globes pas seulement oculaires de mademoiselle Auregan, et ça les impressionne.

À mes côtés, mon collègue de maths s'énerve un peu. Ça me sort de mes songeries libertines, de ma fascination hétérosexuelle. Il les trouve faibles les secondes 4, ils ne travaillent pas assez selon lui. Depuis le début du conseil, c'est son refrain quand un gosse ne réussit pas, « il ne travaille pas assez ». Ça fait le cinquième ou sixième élève qu'il allume. Je le trouve un peu sévère.

Bien sûr, les secondes 4, c'est pas des foudroyants, mais ils sont sérieux et sympathiques, et puis certains ont du mal, des lacunes. Le collègue, lui, met tout sur le dos du manque de travail et de la fainéantise. C'est rien que des raccourcis rassurants ça. Son analyse manque un peu de nuance et de compréhension, il ne se remet pas beaucoup en question non plus. D'autant que le gus sur lequel il s'acharne, c'est pas un méchant.

Mathias Autret, c'est le profil même de l'élève en difficulté qui fournit de gros efforts. Il est vrai systématiquement vains.

Ma collègue de physique est d'accord pour dire que ses difficultés ne sont probablement pas dues au manque de travail. Du coup ça m'enflamme. Défendre un élève contre le vilain collègue de maths pour les beaux yeux de Marine Auregan, ça me donne des ailes.

Je monte au créneau :

La défense de Mathias Autret

Achille Le Noac'h, auteur de romans policiers, scénariste, dramaturge, poète même à ses heures, prenait souvent la défense d'élèves en difficulté dans les lycées où il enseignait la littérature. Voici l'un des discours, qu'il prononça pour défendre un élève dénigré par un collègue de mathématiques. On sera attentif à la brièveté de l'intervention, gage de persuasion.

À quoi bon travailler lorsqu'on n'obtient jamais de résultats ? Pourquoi fournir plus d'efforts lorsqu'on n'a jamais été récompensé ?[1] Comment donner du sens à l'injonction de travailler plus, quand, sur sa copie, on obtient toujours moins[2]. Si l'on juge Mathias à l'aune de ses résultats, ce n'est effectivement pas brillant[3], mais si on le juge à l'aune de son sérieux, de son attention et de son désir de réussir envers et contre tout, alors il est à coup sûr le plus méritant[4] des élèves de la classe. Lui reprocher son manque de travail parce qu'il a de mauvaises notes, c'est croire qu'il renonce quand il échoue. Mais l'échec ce n'est pas le refus de l'effort. Pour celui qui a mis longtemps à se préparer à l'épreuve, l'échec[5], est une défaite de l'espoir. C'est perdre quand on souhaitait gagner[6]. Ne privons donc pas Mathias de notre reconnaissance devant ses vains efforts, notre gratitude est son seul soutien. Et n'oublions pas que son échec est aussi le nôtre.

1. Étudiez l'effet produit par ces questions rhétoriques en début de discours. 2. Quel effet produit l'antithèse ? 3. Montrez comment cette concession amorce l'argument qui suit ? 4. Soyez sensible à la force du paradoxe ainsi énoncé. 5. En quoi l'anacoluthe renforce la formule finale ? 6. Montrez comment la tonalité lyrique emporte l'adhésion du lecteur.

Je me suis peut-être un peu emporté, il y a comme un froid dans la salle du conseil. Mon collègue mathématicien me regarde avec des yeux tellement noirs qu'on dirait qu'il a éteint la lumière. « Rallume, Pépé, c'était pas méchant je voulais juste te faire sortir des vieux schémas, des vieilles rengaines… » ai-je envie de lui dire.

C'est le proviseur qui nous sort de ce mauvais pas, consensuel comme toujours.

— Nous trouverons une appréciation pour encourager Mathias tout en pointant la nécessité pour lui de progresser. Passons à l'élève suivant.

Heureusement qu'il n'a pas les élèves du lycée maritime, le collègue de maths. Mes pirates, je ne sais pas s'ils l'auraient à la bonne. Pourtant ceux-là pour ce qui est de ne rien foutre… Ce n'est pas moi qui les défendrais en conseil de classe. Fût-ce pour les beaux yeux de Marine.

Quand je détourne la tête du proviseur pour prendre connaissance des résultats de l'élève suivant, mes yeux font un petit détour par ceux de mademoiselle Auregan, et là, “arrêt demandé” ! Nous avons droit, mes yeux et moi à un regard approbateur et un joli sourire, plein de fraîcheur. Y a même une mèche de cheveux blonds qui se met de la partie en venant traîner à la commissure de ses lèvres au moment où elle me sourit, celle que sa barrette n'a pas pu prendre. Ça ne dure pas longtemps, elle retourne vite à son cahier et à ses notes, mais c'est une image qui reste…

Pas perdu mon temps en défendant le petit Autret, moi. Un bon point pour Mathias.

Sur ce, le mois de novembre prit fin. De son côté, Emmanuelle se rachetait une conduite en travaillant sérieusement, en obéissant sagement à sa mère et même à son père. Son bulletin arriva comme nous nous y attendions quelques jours après son conseil de classe. À l'image même de son début d'année :

« *Résultats décevants à l'exception des arts plastiques. Ressaisissez-vous.* »

V

Décembre.

Anna et moi, nous nous promenons tous les deux sur les quais du port de pêche de Loctudy, ceux-là mêmes qui inspirèrent François Auregan. Anna a fait des progrès sensationnels, elle me lit le nom des quelques rares bateaux présents dans le port.

— Y'en a pas beaucoup, dis donc.

— C'est normal, ils sont à la pêche, ils sont pas encore revenus. Ce soir, peu avant la nuit, ils seront là.

À l'heure où « *Les caisses s'empilent sur les quais / Alphabet d'une journée en mer / Que tout le monde déchiffre / Que personne ne commente par respect* », comme dirait Auregan.

Sur le chemin du port, je repense à ce que m'a dit Béa ce matin lorsqu'elle s'habillait avant de partir en courses :

— La petite Marie Guirriec fait des cauchemars à la sieste depuis quelque temps. Elle crie « papa » pendant son sommeil, et puis elle se réveille en pleurs. Ça me fend le cœur. C'est hyper dur. Et puis… Je ne sais pas si je dois t'en parler, mais il y a un truc bizarre avec Marie, ou plutôt avec sa mère. Ouais, y a un truc pas clair… Tu m'entends ? insistait Béa devant mon insistance à ne pas répondre.

C'est que j'avais beau entendre, je n'avais pas vraiment envie d'écouter.

— Hum ?

— La petite Marie Guirriec est tombée dans la cour de récréation. Quand je l'ai entendue pleurer, je me suis tout de suite précipitée. Tu penses. C'est le petit Tom qui l'avait poussée. Elle s'était fait mal au coude et sa veste était toute déchirée. Tu sais sa veste Kenzo. T'imagines le prix ! J'étais vachement embêtée. Quand la mère est venue la rechercher le soir, je lui ai raconté ce qui s'était passé. Elle a souri et dit que ce n'était pas très grave. Ça m'a surprise, un vêtement de ce prix-là. La gamine est revenue avec sa veste le lundi. Je pensais que la mère l'avait réparée, mais dans la semaine, je me suis rendu compte qu'il n'y avait pas de trace de couture. J'ai regardé la veste, elle était neuve ! La mère en avait racheté une ! Tu te rends compte une veste à plus de deux cents euros !

— Oui, mais je ne vois pas ce qu'il y a de louche là-dedans. Elle a voulu faire plaisir à sa fille. Vu les circonstances, ce n'est pas très étonnant. Sa mère lui a racheté une veste.

— Attends. Il y a une troisième veste Kenzo.

— Ah ?

— Oui, l'autre jour au Leclerc, j'ai vu la sœur de madame Guirriec. Je l'ai reconnue, je l'avais vue à l'enterrement du mari. Elle faisait ses courses avec sa fille qui a à peu près le même âge que Marie, or, figure-toi qu'elle portait une veste Kenzo identique à celle de sa cousine. Je suis sûre que c'est sa tante qui la lui a offerte ! Tu ne trouves pas ça dingue toi, toutes ces vestes qui coûtent des fortunes ?

— Il y a des gens qui ont de l'argent, tu sais...

— Justement, ce n'est pas le cas. Ni madame Guirriec ni sa sœur ne sont habillées avec des tenues de marques très chères. Loin de là même. C'est justement ça qui est louche, à part ces vestes qui coûtent des fortunes, la fille ne porte pas de vêtements chics. Pas plus que la mère, ou la tante ! Tu me suis ? Hein ? Dis, tu m'écoutes ?

« Harceler, verbe transitif, premier sens : soumettre à des attaques réitérées. »

— Je te rappelle que ce pauvre monsieur Guirriec était douanier ! Les douaniers, ça saisit des lots de marchandises de luxe, vraies ou fausses, si tu vois ce que je veux dire... Dis, tu pourrais répondre quelque chose ? Tu manques vraiment de curiosité ! Toi qui veux écrire un roman policier...

« Deuxième sens : fatiguer quelqu'un de questions, de reproches. »

Le Larousse est très clair, au propre comme au figuré, par la fille comme par la mère, je suis victime de harcèlement.

De retour devant chez nous, j'aperçois le break garé coffre ouvert devant la maison. Béatrice et Emmanuelle sont en train de vider les courses de la coopérative bio. Louison, elle, est encore harnachée dans son siège auto, une clémentine dans les mains.

À peine ai-je arrêté ma voiture qu'Anna jaillit par la portière arrière et court les rejoindre.

— Nous on est allés au port avec Papa !

— C'est bien, ma belle, répond Béa en lui tendant deux briques de lait.

— Nous on a signé une pétition ! rétorque Emmanuelle en allant vers la maison, un carton dans les bras.

— T'as signé une pétition, ma fille ?

— Oui contre les incinérateurs d'ordures.

— Ils veulent en construire un à Pouldreuzic, m'apprend Béa en se saisissant d'un panier plein de légumes.

— Oh, c'est loin ça, osé-je sans réfléchir.

— D'abord c'est pas une raison, l'écologie c'est pas la défense de son jardin ! Et en plus, on est sous le vent si tu veux le savoir, m'inflige Béa avant de disparaître dans la maison.

— À défaut d'être dans le vent, c'est déjà quelque chose… blagué-je.

— Samedi prochain, on va à la manif, déclare Emmanuelle en revenant vers la voiture.

— Quelle manif ?

— Tu ne veux pas nous aider, au lieu de rester les mains dans les poches, s'il te plaît ?

— Si. Bien sûr, mon amour, dis-je en m'emparant de l'ultime boîte à œufs restée dans le fond du coffre. À quelle manif sommes-nous conviés samedi prochain ?

Béa referme le coffre du break pendant que je me dirige vers la maison avec ma douzaine d'œufs dans les mains. Elle me répond après avoir fermé la porte d'entrée derrière moi :

— À la biocoop, on a rencontré le responsable du collectif contre l'incinérateur d'ordures de Pouldreuzic. Il nous a expliqué les dangers des incinérateurs et nous a invités à une manifestation samedi devant la mairie de Pouldreuzic, pour soutenir l'action du collectif.

— Une manif à Pouldreuzic ? Tu ne penses pas que ça risque de passer un peu inaperçu ?

— Ce qui passe inaperçu, c'est de rester chez soi ! rectifie Béa pour me remettre en place.

Pendant que la passionaria s'agite du côté de la cambuse, je prends la tangente en direction de mon bureau. Entre la mère qui veut lutter pour préserver les poubelles et la fille qui grimpe aux arbres, besoin de calme.

Je vais pour refermer la porte de mon antre quand Emmanuelle fait discrètement irruption.

— Qu'est-ce que tu veux ?

— Euh… Il faut que je te dise un truc grave… murmure-t-elle une fois à l'intérieur, c'est à propos de monsieur Le Moal…

— Tu ne vas pas remettre ça !

— Écoute, je n'ai rien fait… Je n'enquête plus sur lui ni rien du tout mais… Il faut quand même que je te dise… Tu n'as rien remarqué ?

— Remarqué quoi ?

— Ben dans son attitude ?

— Non rien, pourquoi ? Il est venu en classe avec un pantalon propre ?

— Non, ce n'est pas ça, mais… Il n'est plus le même… Il est… triste, il ne dit plus rien. On dirait qu'il est complètement déprimé.

— Mais enfin arrête de faire une fixation sur ce type ! Le Moal a toujours eu un drôle d'air que je sache, il a toujours l'air déprimé…

— Non, pas en classe, d'habitude avec nous, enfin avec ceux qui voulaient bien l'écouter, il était… passionné. Là, il ne dit presque rien… Il a un visage décomposé.

— Il y a quinze jours, tu voulais le faire enfermer et maintenant tu veux le soigner ! Il faudrait savoir !

— Mais… tu ne comprends pas ! Il a changé de comportement, du jour au lendemain. La semaine dernière, il nous a fait cours normalement, il expliquait plein de trucs, bien sûr c'était le bordel dans la classe et tout et tout… mais bon, il était normal. Et hier, il ne nous a presque pas dit un mot ! Il nous a demandé de dessiner un paysage et il est resté sans bouger pendant toute l'heure. Assis à regarder par la fenêtre.

— Le Moal est un dépressif chronique ! Il traverse une mauvaise passe, point final ! Je ne veux plus t'entendre parler de lui, compris ?

Après avoir renvoyé ma fille de mon bureau, je me saisis de mon iBook et j'ouvre le fichier du roman que j'ai commencé à écrire depuis quelques jours.

Moi aussi, je me lance dans la littérature policière.

« *Le dépit des apparences - Chapitre II.*

Les câbles électriques couraient le long des galeries et, tous les dix mètres, un spot halogène de faible puissance éclairait les parois du souterrain. La lumière ne devait effectivement pas être trop forte, la chaleur eût pu endommager les fresques millénaires, Mathias avait bien fait les choses.

Au bout du long couloir, Xavier eut la surprise de constater que la tombe correspondait assez précisément à ce qu'il avait imaginé.

Une salle d'à peine 2 mètres de hauteur et de

30 mètres carrés au plus, au fond de laquelle se détachaient les silhouettes imposantes de sept sarcophages en bois peint.

Ils s'en approchèrent et Xavier ne put retenir sa main qui caressa le bois lisse de l'un d'eux.

— Curieusement cette sépulture ne se trouve pas dans une zone où elle aurait dû être... professa Mathias. Les environs comportent de nombreuses nécropoles où sont enterrés des membres de familles royales et même des personnes beaucoup plus modestes...

— Pourquoi avoir enterré ici ces sept momies alors ? Qu'avaient-elles de particulier pour avoir été ainsi isolées ?

— Je n'en sais rien pour l'instant, Xavier, répondit Mathias. Mais il y a autre chose de plus curieux encore. J'ai observé les jointures des sarcophages au microscope. Ils sont tous inviolés, sauf un. Le troisième. Il a été déscellé, puis rescellé il y a très longtemps. On ne s'en rend pas compte à l'œil nu, mais c'est évident au microscope.

— Des pilleurs de tombes ?

— Je ne crois pas. Les pillards ne se seraient pas emmerdés à refaire le scellement du sarcophage après le pillage...

— Tu as raison et les autres momies auraient subi le même sort... Mais alors qui a bien pu ouvrir le troisième sarcophage ?

— Et pourquoi ? Puisqu'on n'a rien volé dans la tombe. Elle contenait encore ses trésors quand je l'ai découverte.

Durant les jours qui suivirent, les deux égyptologues entreprirent de commencer à déchiffrer les hiéroglyphes du tombeau. Chaque jour, centimètre carré après centimètre carré, les deux chercheurs dépoussiéraient les inscriptions hiéroglyphiques à l'aide de pinceaux fins de façon à mettre au jour tous les motifs. Certains avaient été sculptés, d'autres simplement peints. Ces derniers étaient les plus fragiles. En les dépoussiérant, les égyptologues devaient prendre garde de ne pas faire disparaître les pigments de couleur, de ne pas les effacer ni les écailler.

Lorsqu'une rangée avait été mise au net, Mathias la prenait en photo à l'aide d'un appareil numérique. Et, le soir venu, c'était sur l'écran d'un ordinateur ou sur l'image imprimée que Xavier et lui cherchaient la traduction du sens des hiéroglyphes. La tâche s'avérait fastidieuse, car les inscriptions étaient nombreuses. Mais elle se révéla vite payante.

La nécropole avait été dédiée aux sept personnages momifiés, dès l'origine du lieu.

Toujours selon les hiéroglyphes, les personnages momifiés avaient été détenteurs d'une charge honorifique très importante, non pas un titre conférant un pouvoir, mais une sorte de rang en remerciement "d'un immense service rendu à la collectivité", ainsi du moins pouvait-on traduire les hiéroglyphes qui précisaient la raison pour laquelle ces corps avaient eu droit à une nécropole particulière.

Ce rang honorifique s'était légué par filiation, c'est-à-dire de parents à enfants sans préférence de sexe. La première momie portait le nom d'Homentaab ; ce fut lui qui reçut le premier l'honneur d'être titulaire de ce rang.

Les six autres corps étaient ses descendants directs. Tous appartenaient donc à la même famille. Cette ascendance était d'ailleurs la condition sine qua non pour hériter de la charge. Les inscriptions révélaient même qu'il fallait être premier né, garçon ou fille, pour l'obtenir.

Selon toute logique, mais cela restait à déterminer, la seconde momie devait être le propre fils d'Homentaab, la troisième, la fille du fils d'Homentaab, et ainsi de suite jusqu'à la septième momie avec laquelle la distinction honorifique s'était achevée dans l'histoire, pour des raisons aussi mystérieuses que celles de son origine.

Le troisième sarcophage était celui d'une femme nommée Ker-Am-Stat.

Quelques jours plus tard, en arrivant sur le site de la sépulture en 4/4, Mathias vit Xavier qui l'attendait installé à une table de campagne. Ce dernier était en train de consulter des documents assis sur un siège en toile.

— Nous avons les résultats des scanners, Xavier, j'ai fait jouer mes relations, ça a pris moins de temps que prévu ! déclara Mathias lorsque Xavier eut coupé son moteur.

Ce dernier accourut et commença à lire par-dessus l'épaule de son collègue qui rouvrit la liasse des images numériques depuis le début.

Les squelettes des momies apparaissaient aussi nettement que si elles avaient été débarrassées de leurs bandelettes et de leur peau, après l'ouverture des sarcophages. Or, les sarcophages n'avaient pas même été entrouverts grâce à la technologie du scanner. Les momies se trouvaient désormais au musée du Caire où l'on avait procédé à leur radiographie.

Chaque cliché faisait apparaître un squelette sur lequel on pouvait voir les objets précieux et personnels qui avaient appartenu au défunt, preuve que les tombes n'avaient jamais été violées.

Toutes les momies avaient été dotées de paires d'yeux factices, probablement en or, ce qui conférait à ces squelettes une vitalité qui surprit les deux égyptologues.

Seule, la troisième momie ne comportait ni objet précieux ni yeux factices. Elle était nettement plus petite que les autres et moins bien conservée. Le squelette ne reposait pas dans la position traditionnelle des momies.

Au contraire, tournée dans le sarcophage, les doigts

repliés, la tête penchée en arrière, la bouche ouverte, toute sa silhouette semblait crispée dans une expression de souffrance.

Xavier s'empara de la liasse et observa le cliché avec la plus grande attention. Après un long moment, il déclara :

— D'après les inscriptions mortuaires, la momie devrait être une femme d'une quarantaine d'années, or c'est le cadavre d'un enfant que nous avons là. »

— Tu peux faire un Mille Bornes avec Anna ? Elle pète les plombs, m'interrompt Béa en plein récit. Emmanuelle fait ses devoirs et moi je n'ai pas encore fini de préparer à manger.

— C'est que, moi non plus, je n'ai pas encore terminé, dis-je pour plaider ma cause.

— J'ai promis à Anna que tu voudrais bien, elle est en train de distribuer les cartes. Je lui dis que t'arrives dans cinq minutes, ça te laisse un peu de temps, décide Béa à ma place comme si j'étais transparent.

« Cinq minutes », qu'est-ce qu'elle veut que je fasse avec ça ? Un haïku ? C'est un roman que j'écris moi, pas un poème à la con. Il me faut plus de cinq minutes.

Il me faudrait surtout plus de considération. Elle ne se rend pas compte Béa, du bol qu'elle a.

Si j'étais comme Antoine Blondin, c'est au bistrot

que j'écrirais toute la journée, seul à siffler des pastis, je rentrerais tous les soirs fin bourré pour me pieuter.

Et Victor Hugo ? Tu crois qu'on venait l'emmerder pendant qu'il écrivait *Notre Dame de Paris* ? Personne ne le faisait chier quand Adèle voulait jouer aux petits chevaux. C'est Maman qui s'y collait. Au lieu de ça, je dois sacrifier mon œuvre pour pouponner pendant que Maman fait le ménage.

Le gus qui sera chargé d'écrire ma biographie un jour, pour l'insérer dans *l'Encyclopédie des grands écrivains du XXIe siècle,* a peu de risque de donner dans le style lyrique. « Quand il avait fini le ménage, Achille Le Noac'h s'asseyait à son bureau pour écrire quelques pages… jusqu'à ce que la machine à laver ait terminé son cycle. » « Attentif aux désirs de ses enfants, Achille Le Noac'h n'hésitait pas à interrompre son œuvre pour jouer aux Mille Bornes avec la petite Anna ou pour se rendre à la déchetterie municipale. » Ça fait sérieux ! On voit tout de suite l'artiste enchaîné à son œuvre !

Fichier, enregistrer. Je sauvegarde les trois misérables pages que je viens d'écrire et je referme mon ordinateur pour aller jouer au Mille Bornes avec Anna.

*

* *

— NON AUX INCINÉRATEURS, NON AUX DIOXINES !

Dans le bourg de Pouldreuzic pas de risque qu'on passe inaperçus, effectivement. Cinq cents personnes qui vocifèrent sur la place de la mairie, même les jours de marché il n'y en a pas autant. Cela dit on est bien accueilli, parce qu'évidemment les habitants du bled sont les premiers concernés par l'incinérateur d'ordures ménagères qu'on veut leur coller dans le paysage et dans les naseaux. Ça leur fait même plaisir qu'on soit venu les soutenir dans la lutte. Notre manif, elle va faire du bruit un peu plus loin qu'à "Pouldreu" en plus. On est en rase campagne soit, mais les gars du collectif, c'est des vaillants. Ils ont sorti le grand jeu. Il y a là TV Breizh, France 3, Radio Breiz Izel, et bien sûr un gus du *Télégramme* et son coreligionnaire du *Ouest-France*. Couverture médiatique irréprochable. On va voir notre bobine dans les quatre départements bretons.

Un qui n'est pas à la noce, c'est le maire. La couverture médiatique, il s'en serait bien passé. Elle lui donne trop chaud. Ça n'arrange pas ses affaires. Les incinérateurs, c'est comme les centrales nucléaires, ça pousse mieux à l'ombre. Et nous on fait de la lumière, de la lumière et du bruit. On est tous réunis là donc, avec femmes et enfants, sur la place de la mairie de l'église et du marché – c'est la même – pendant qu'une délégation est en rendez-vous avec le maire justement pour lui remettre nos doléances écologistes. Une fois qu'on aura tourné le dos, j'ai une vague idée de l'endroit où il va se les mettre nos propositions pour un monde plus propre, mais bon, c'est symbolique. Ce qui importe c'est que tout ça soit filmé par les télévisions, relaté par les radios, rapporté par les journaleux.

Béa est suspendue aux paroles de l'orateur qui explique les dangers des dioxines avec un mégaphone, juché sur une estrade de fortune. Jean-Louis il s'appelle, l'orateur. C'est grâce à lui si on est là. C'est lui qui faisait du prosélytisme la semaine dernière à la biocoop et qui a convaincu ma Béa d'entrer dans l'action, profitant lâchement de son engouement instinctif pour défendre la nature. Elle boit littéralement ses paroles au Jean-Louis. M'est avis qu'il faut que j'exerce une surveillance étroite sur céziguemuche. Ma Béa lui aurait tapé dans l'œil que je ne serais pas étonné. Je le comprends d'ailleurs. Mais ce n'est pas une raison. Ce qui m'inquiète, depuis une semaine, c'est les remarques de Béa, Jean-Louis m'a expliqué que… Jean-Louis m'a révélé qui… Figaro ci, Figaro là. Comme écologiste, il n'a pas vraiment le physique Hubert Reeves en plus, vieux schnockard ex-soixante-huitard, lui c'est plutôt le militant actif, l'homme de terrain, avec un physique à la Rahan.

Sûr qu'en slip peau de bête avec un couteau entre les dents, il doit plaire aux dames, tandis que mézigue, dans le même accoutrement, j'aurais l'air d'un marsupial. Méfiance donc. Je l'observe, lui, en train de jacter et ma femme, en train d'écouter. Ils sont cinq cents sur la place et pourtant Géant Vert c'est toujours dans la même direction qu'il bigle. Je vous la donne en mille. Quant à Béa, si elle continue comme ça, elle va choper un torticolis. Chez elle, c'est la fibre écolo qui vibre, chez cestui, ce serait plutôt le chibre. J'ai du mouron à me faire, autant dire. Surtout que question écologie, je suis un peu à la ramasse, je fais du suivisme moi, dans le sillage de Béa, tandis que Truc, lui, c'est un leader.

La manif se met ensuite enfin en marche, direction le site où l'usine risque d'être construite si on ne gueule pas assez fort. Deux minutes à peine après qu'il a fini son allocution, comme par hasard, le voilà qui ramène sa fraise du côté de chez Béa. « Ça va ? Ça se passe bien ? Vous n'avez pas trop froid ? C'est sympa d'être venu… etc. ». Je vois clair dans son jeu à celui-ci ; à des kilomètres je le vois venir, et sans longue vue. Seulement je n'ai pas l'intention de me laisser piétiner sans rien dire. Je te le court-circuite aussitôt dans son approche casanovesque le Jean-sans-gêne. Il a à peine entamé la conversation que je me l'amène amical, la main sur l'épaule, familier presque, comme un vieil ami de la famille.

— C'est vraiment très intéressant, Jean, c'est dommage que nous ne puissions pas rester pour la suite de cette grande manifestation, mais vous savez ce que c'est quand on a des enfants… Il faut s'adapter à leur rythme… Béatrice est très à cheval sur ce principe.

— C'est exact mais… On pourrait peut-être rester encore un peu non ?

— Mais regarde Louise, avec tout ce bruit, elle est épuisée. N'est-ce pas Louise ?

— Veux rentrer, Maman…

— Moi aussi, ajoute Emmanuelle, je n'ai pas fini mes devoirs pour lundi…

— Bon d'accord… allons-y, cède Béatrice des sanglots dans la voix.

Et voilà le travail !

Nous laissons là Jean-Louis poursuivre sa harangue et nous retournons vers notre voiture. Non sans que Béa lui ait adressé un signe de la main. J'en ai le cœur brisé pour ce pauvre Jean-Louis qui nous regarde partir… impuissant.

Si seulement.

VI

Janvier.

Dans la foulée du premier de l'an, difficile d'enchaîner. Il n'y a pas que moi, cela dit. La tronche de mes flibustiers, le 5 janvier au matin, dantesque. Mes retrouvailles avec les vieux copains de la fac pour la Saint-Sylvestre, à côté de ce à quoi ils ont dû s'adonner pendant le réveillon, mes pirates, ça doit ressembler à une fête paroissiale. Quand la sonnerie retentit après ces joyeuses retrouvailles, j'ai l'impression d'émerger de la quatrième dimension. Une fois sorti de la classe, c'est le cross du lundi qui commence. Entre les deux bahuts.

Au collège, je fais un passage éclair dans la salle des profs pour prendre un livre dans mon casier avant de rejoindre les sixièmes – toujours au pas de course – quand, juste en ressortant, je tombe sur le tableau d'affichage destiné aux élèves.

La rubrique des professeurs absents annonce : « *Monsieur Le Moal, du 5 au 9 janvier.* »

Ça me coupe dans mon élan. Tout en montant les

marches, je repense à ce que Manu m'avait dit avant les vacances. Y aurait-il un rapport ? C'est toujours pareil avec les rumeurs, ça se fonde sur rien, au début on refuse d'y croire et puis, finalement on finit par trouver de bonnes raisons de se convaincre que tout ça peut être vrai. Si Le Moal est absent c'est qu'il va mal, s'il va mal c'est qu'il est inquiet, s'il est inquiet c'est qu'il doit traficoter dans cette histoire de faux tableaux ! Emballé c'est pesé. Le Moal est malade donc c'est un faussaire ! Je coupe court à ma gamberge. Manu est comme tous les ados, elle délire… Le Moal est grippé, point.

Ma femme, elle, continue de me harceler :

— T'as vu le temps qui fait ?

— Oui glacial…

— Eh bien, figure-toi que la petite Marie Guirriec ne porte plus depuis quelques jours sa veste Kenzo ! Alors qu'il fait un froid glacial et qu'elle est doublée !

— Elle a le droit de changer de temps en temps…

— Mais tu verrais ce qu'elle porte à la place, une parka Décathlon bleue élimée qui a dû servir à sa sœur avant elle. Non quand on possède une veste Kenzo de cette qualité, a fortiori quand on en a plusieurs, on n'habille pas sa fille avec un vieux blouson râpé ! J'aimerais bien savoir pour quelle raison sa mère ne lui met plus sa veste Kenzo…

Moi, non. Raison pour laquelle, j'ai quitté ma

femme. Pas définitivement, juste pour aller dans mon bureau. En la laissant à ses cogitations. D'ici que je la retrouve dans un arbre, elle aussi…

Par ailleurs, madame bosse dur. Elle s'est investie dans le comité contre les ordures. Dit comme ça on croirait un groupe qui traque les criminels de guerre, genre Amnesty International. Malheureusement ce n'est pas le cas. À Amnesty International il n'y a que des gens bien, tandis que là il s'agit du groupuscule contre l'incinérateur d'ordures ménagères de Pouldreuzic, dirigé par l'ineffable Jean-Louis.

Les 30 % de divorces en France, c'est des mecs comme lui ! Ça le fatiguerait de se marier, de faire des enfants, de les élever. Il préfère ramasser la belle avec le panier déjà plein. D'ici que je te le propulse dans son incinérateur… Ça aurait du style, remarque. S'immoler par le feu pour dénoncer l'incinération des déchets ménagers ! C'est ça qui ferait avancer la cause…

Le lendemain de cette triste scène de délitement conjugal, à la récréation de dix heures, dans la salle des profs pleine à craquer, à l'heure de la pause, qui du thé, qui du café, qui d'une cigarette, ça dépend, le principal fait son apparition.

Il entre en silence en regardant ses pompes, sans serrer les paluches comme il a l'habitude de le faire façon politicard en campagne, « Bonjour, bonjour »… sourire Colgate… « Comment allez-vous ? ». En le voyant fendre l'assistance, je subodore la mauvaise nouvelle tout de suite. Je suis loin de m'imaginer pourtant. Sitôt qu'ils l'aperçoivent les collègues se figent et les discussions restent en suspens. Plus il progresse, plus le silence se fait derrière lui, on dirait qu'il absorbe toutes les conversations sur son passage. Lorsqu'il se retrouve face à nous, la salle est muette…

— Mes chers collègues, excusez-moi de vous interrompre, j'ai une bien triste nouvelle à vous apprendre… Je viens d'être prévenu par les gendarmes qui ont été appelés sur les lieux ce matin… Notre collègue Serge Le Moal est décédé… Il semblerait qu'il se soit suicidé.

*

*   *

Ce sont les voisins de Serge Le Moal qui ont prévenu la gendarmerie. Depuis leur chambre située à l'étage, monsieur et madame Le Cœur possèdent une vue plongeante sur l'atelier du maître. Or, ce matin-là, vers sept heures, en ouvrant ses volets après une nuit sans histoire, insatisfait donc, monsieur Le Cœur a eu le choc de sa vie : dans son atelier entièrement éclairé, Serge Le Moal se balançait tout doucement au bout d'une corde, pendu à la poutre maîtresse de la charpente apparente. Gilbert Le Cœur appela aussitôt sa femme, par réflexe, sans réfléchir à l'émotion qu'il allait lui causer. Ce fut pour la retenir dans ses bras sitôt qu'elle eut contemplé le cadavre de l'artiste devenu pendule au milieu de l'atelier.

Les premières constatations effectuées par la gendarmerie avalisaient la thèse du suicide, bien que Le Moal n'eût laissé aucun billet pour expliquer son geste. La solitude et l'originalité du personnage suffirent à la population pour qu'elle se contentât de l'explication suicidaire. Quant à la gendarmerie, elle ordonna une autopsie de formalité, convaincue qu'elle était, elle aussi, que ce pauvre Le Moal, dit Nature Morte par ses élèves, s'était bel et bien donné la mort. Malgré les hauts cris d'Emmanuelle, les journaux n'établirent aucun lien entre Luc Fourrier, le suicidé de Léchiagat, et Serge Le Moal, le suicidé de l'Île-Tudy, alors qu'existait cette troublante coïncidence : la voiture du jeune conservateur avait été retrouvée cinq mois auparavant rue Principale, la rue même où demeurait Serge Le Moal.

L'enterrement eut lieu deux jours après l'autopsie, laquelle, selon le *Télégramme* n'avait rien donné. La cérémonie fut des plus tristes, Le Moal n'avait aucune famille directe, ses parents étaient morts depuis longtemps. Il n'avait ni enfant, ni frère, ni sœur. La maison allait, dit-on, revenir à une tante âgée de plus de soixante-dix ans dont l'état de santé ne lui permettait même pas de venir assister à l'inhumation. Hormis les voisins, quelques enseignants, dont moi, quelques élèves, dont ma fille, et bien sûr Lens qui nous gratifia de son homélie maintenant parfaitement rodée sur les enseignants prématurément rappelés à Dieu, hormis ces gens donc, il n'y avait presque personne à l'enterrement du collègue qui fut enseveli dans le caveau de famille du cimetière de l'Île-Tudy.

Mais des esprits chagrins ne se satisfaisaient pas de cette explication. Pour Emmanuelle, il n'y avait pas l'ombre d'un doute, Le Moal ne s'était pas suicidé, on lui avait savonné la pente !

Après tout ce qu'elle avait déjà constaté, la mort de son prof s'imposait comme une confirmation de ses activités criminelles. Quelque complice avait dû l'assassiner et maquiller le crime en suicide.

Je ne suis pas du genre à m'emballer comme ma femme et ma fille, mais cette récente augmentation des suicides et des accidents en pays Bigouden, me paraissait confiner à l'improbable. Ce qui me poussa à croire, nonobstant toutes ces messes, que toutes ces morts n'étaient peut-être pas très chrétiennes.

VII

Février.

— Pardon, Mademoiselle, pourriez-vous m'indiquer dans quelle salle je pourrais voir *Le Marché aux fleurs* d'Hans Gaüser ?

J'ai revêtu mon imper beige et mon chapeau noir. "Philip Marlove". Je fais mon entrée dans la littérature policière, en chair et en os cette fois. Sans trop savoir où tout cela va me mener. J'enquête pour le compte de ma fille ! Détective privé.

La jeune fille de l'accueil du musée des Beaux-Arts de Quimper cherche dans ses documents. Je lui ai posé une colle. Pendant qu'elle fouille dans ses papiers, je me demande si je n'ai pas fait une connerie… Si le tableau s'est bien fait remplacer par une copie signée Le Moal et si les conservateurs s'en sont rendu compte, je vais figurer en pôle position sur la liste des suspects ! Le privé de liberté, bientôt moi.

« Vous pouvez m'indiquer ? »… Quel bleubite ! Un collègue de Le Moal en plus ! Tu parles si c'est malin ! D'ici qu'ils me fassent endosser l'assassinat du faussaire… Comme enquêteur j'ai encore des progrès à faire.

— Vous pouvez le voir au premier étage avec les peintres du XVIIIe.

Ouf.

Je me plante devant le tableau et je contemple l'œuvre de l'artiste. Ça a l'air vrai. J'ai dans la main le livre qu'Emmanuelle avait acheté à la Toussaint. La reproduction n'est pas très grande, mais autant que je puisse en juger s'il s'agit d'une copie, alors c'est une vraie réussite. Je ne vois strictement aucune différence.

Je ne sais pas ce qui me retient de leur dire que c'est un faux ! Comme ça, au bluff, pour gagner du temps. « Appelez-moi le patron ! Votre musée, c'est une passoire… On y chourave des toiles de maître comme dans un moulin ! Le Gaüser là, vous l'avez acheté à un manouche ? C'est une photocopie ? »

Ils feraient la gueule. Mais au moins on serait fixé. C'en serait fini de tout ce cirque. Je pourrais dire à Emmanuelle qu'il faut qu'elle freine un peu son imagination, qu'elle se mette au roman !

Oui mais si le tableau était bien une copie ? Alors, on me demanderait d'où je tiens toutes ces informations… Ne rien dire pour l'instant… Réunir des preuves…

Tourner ma langue sept fois dans ma bouche – faute d'autre bouche.

De retour à la maison, Emmanuelle me convoque dans sa chambre pour faire mon rapport. Porte fermée, on complote. Je lui annonce qu'il n'y a apparemment aucune différence entre la reproduction de son livre et le tableau exposé au musée.

— Je m'en doutais ! Le Moal est un copiste hors pair, un faussaire de très, très grand talent.

— Heu... tu y vas un peu fort... je suis en train de te dire que je n'ai rien remarqué, pas que Le Moal a fait du beau boulot !

— Mais si, c'est évident !

— Selon toi qu'est-ce que l'exposition sur l'avant-garde russe vient faire là-dedans ? Quel rapport avec Le Moal ?

— Je ne sais pas, me répond-elle. Mais les deux tableaux que Le Moal s'entraînait à copier en classe étaient dans des musées par lesquels passait cette exposition, *Le marché au fleurs...* et *813 par 1275*. Il doit bien y avoir un rapport... Un complice peut-être ? Sûrement même !

Manu se perd dans la lecture du catalogue de l'exposition sur l'avant-garde russe que je lui ai ramené.

— Le nom du coupable est peut-être là-dessus ? me dit-elle en me montrant la liste des commissaires de l'exposition.

— Et la sécurité ? C'est pas si facile quand même de voler des tableaux !

— Qu'est-ce que tu t'imagines ? Tu sais combien de tableaux on dérobe tous les ans dans les musées ? T'as déjà entendu parlé de Breitwieser, cet alsacien qui s'est emparé de dizaines de tableaux dans les musées français et suisses ? Il avait réuni une collection de toiles de maîtres, dont un Watteau et un Breughel ! Eh bien, il piquait les tableaux comme ça, sans préparation, à la tire, direct sous le manteau, ni vu ni connu !

— Ça alors, et on l'a retrouvé ?

— Ouais mais quand on l'a arrêté, sa mère a tout détruit pour innocenter son fils, elle a tout foutu dans un grand pressoir et donné un tour de manivelle !

— Merde !

Ma fille me déniaise que c'en est une honte ; ça devrait être à moi de lui apprendre des trucs et c'est l'inverse… Breitwieser, la sécurité des musées… J'ai l'air d'un cave. Dommage qu'il n'ait pas donné dans la fausse momie Le Moal, parce qu'alors là pardon ! je te l'aurais briefée comme il faut, ma fille, en attendant, c'est elle qui me décoiffe avec son savoir encyclopédique…

— Tu m'impressionnes… mais il fallait vraiment que Le Moal fût un excellent copiste.

— Certainement.

— Alors pourquoi l'avoir assassiné ?

— Je n'en sais rien. Mais pour qu'on se débarrasse de lui, il a fallu qu'il fasse une grosse connerie parce qu'il devait être la cheville de ce trafic. Peut-être était-il devenu trop gourmand ? Ou peut-être en avait-il marre ? Va savoir…

— C'est justement ce qu'il faudrait. Qu'on sache. Or, pour l'instant, on ne peut que formuler des suppositions. Il nous manque une preuve.

— Je sais… Si je ne préviens pas les flics dès maintenant c'est justement parce qu'on ne peut rien prouver ! Ils ne nous croiraient pas.

Pour l'instant.

*

*   *

Au collège, l'ambiance est macabre. Le suicide de Le Moal a créé un gros malaise. Tout le monde culpabilise. Le collègue que tout le monde fuyait à cause de son fumet de poisson séché… On se dit qu'on aurait pu l'écouter un peu plus, fût-ce en apnée. Qu'on aurait pu l'inviter à manger, l'été sur la terrasse, par grand vent… On aurait pu faire un petit effort, au lieu de donner dix sacs à Médecins du monde, la B.A. on aurait pu la faire près de chez nous. Lui demander comment il allait, où il était parti en vacances, s'il ne se sentait pas tout seul dans sa grande maison etc. Pas si simple en fait. De son vivant, Le Moal ne faisait pas beaucoup d'efforts, toujours en train de griffonner pendant les conseils de classe… Lire dans son coin… Lui le premier n'adressait jamais la parole à personne. L'artiste dans toute sa splendeur, perdu dans son monde. Le créateur à côté des vivants, l'homme de l'art. Je rassurerais bien tout le monde : « Tranquillisez-vous les collègues, vous n'y êtes pour rien, Le Moal c'était un margoulin. Il s'est fait descendre. Règlement de comptes entre gangsters. »

Pendant que mes sixièmes font leurs exercices d'orthographe – des photocopies du Bled, j'ai honte – je retourne encore une fois tout ça dans ma tête.

— Monsieur, qu'est-ce qu'on fait après ?

— Tu n'as qu'à faire le deuxième exercice.

— Mais on l'a déjà fait !

— Alors fais le trois.

— En fait, vous nous avez déjà donné toute la page à faire… On a fini, M'sieur.

— Évidemment si vous bâclez le travail !

La rédaction "punitive" dont écope la classe pour insolence me permet de me consacrer à la suite de mon grand roman égyptologique…

« *Le dépit des Apparences - Chapitre VI*

Avec l'aide de deux assistants, Xavier fit enlever la partie supérieure du sarcophage puis mettre la momie sur une table comparable aux tables d'opération des salles de chirurgie. La salle d'étude des momies du musée du Louvre prenait soudain un air d'hôpital. Il était dix-neuf heures trente, Xavier aurait pu s'arrêter là pour la journée, mais quelque chose l'incitait à continuer.

Bien qu'elle fût moins bien conservée que les autres, c'était la troisième momie qu'il avait choisi de faire venir jusqu'à Paris.

Les assistants, ayant fini leur journée, quittèrent la salle et le laissèrent seul procéder à ses observations.

Après avoir enlevé les premières bandelettes et ôté la momie de son suaire, Xavier constata tout de suite l'impossibilité de démailloter les bandes de lin qui enserraient directement chaque partie du corps. Elles étaient collées à la peau. Il décida donc de les couper, au ciseau et au scalpel, afin de faire apparaître la momie.

Lorsqu'il eut terminé le travail fastidieux de découpage et malgré toutes les précautions qu'il avait prises, le spectacle qui s'offrait à son regard était désolant : les bras et les jambes s'étaient putréfiées. Seuls, les os avaient survécu. Le tronc et la tête, en revanche, étaient à peu près intacts.

Il était évident, puisque les bandelettes de lin avaient collé à la peau et que les membres avaient pourri, que le corps n'avait pas subi de déshydratation satisfaisante.

L'embaumeur avait donc commis une faute professionnelle, d'autant moins pardonnable que, pour les Égyptiens, la conservation du corps était la condition sine qua non pour accéder à la vie éternelle.

La peau noircie collait aux os de la tête et de la cage thoracique. Le visage, lui, à demi tourné, la bouche ouverte, semblait s'être figé dans une expression de douleur.

Mais ce qu'on remarquait le plus c'était la magnifique chevelure brune de la momie, faite de nombreuses tresses. Xavier ne put s'empêcher de la caresser.

Il constata alors qu'une des nattes était coupée net, au tiers de sa longueur.

L'égyptologue pratiqua une incision à angle droit dans le bas de l'abdomen en suivant celle que l'embaumeur avait faite quelques siècles plutôt pour extraire les organes, puis il releva les tissus afin de voir à l'intérieur.

Le corps était plein de paquets de lin très durs. Xavier en ôta un du cadavre et l'inspecta. Il ne contenait pas de sciure comme les sachets avec lesquels les embaumeurs avaient l'habitude de "bourrer" les corps des momies pour en préserver les formes, mais du natron durci avec le temps.

Pourquoi ces sachets de natron qui servent normalement à absorber l'humidité du corps et qui doivent ensuite être jetés, n'avaient pas été enlevés avant le bandelettage ?

Xavier poursuivit l'inspection des restes de la momie.

Un constat s'imposa très vite à l'œil habitué de l'égyptologue : tout semblait concourir à démontrer que le corps de l'enfant présent dans le sarcophage de Ker-Am-Stat avait été momifié à la hâte, sans qu'on eût procédé à aucun des rites classiques de la momification. Une pensée commençait de germer dans son esprit, une idée à laquelle il n'osait croire… et que pourtant cette momification hâtive semblait prouver.

Il inspecta alors avec la plus extrême minutie le corps de l'enfant à l'aide d'une loupe… et il finit par trouver ce qu'il craignait. Sur toute sa largeur, le cou de la momie présentait une mince entaille.

On avait tranché la gorge de l'enfant.

*

*   *

J'ai menti à Béa, je lui ai dit que j'allais au cinéma voir X-MEN 6.

— Si, si, je t'assure, j'aime bien les histoires de super héros.

Je voulais être certain qu'elle ne veuille pas m'accompagner.

— Une connerie pareille, t'iras tout seul. De toute façon, je sors déjà demain. Aujourd'hui, il faut que je bosse. J'ai des loups et des lapins à découper pour mes activités.

La sortie du lendemain c'est la réunion mensuelle du collectif contre les feux de poubelles, chez Jean-Louis *of course*. Pour une fois je n'ai rien dit, tout occupé que j'étais à faire croire à ma femme que je me rendais au cinéma...

— Ça finit à quelle heure ta séance ?

— Heu... vers 17 heures 30.

— Tu n'auras qu'à aller chercher Emmanuelle chez Manon après le film. J'ai eu ses parents au téléphone et ils m'ont dit de venir la reprendre en fin d'après-midi.

— D'accord.

Grâce à ses dernières notes, Emmanuelle a obtenu une autorisation de sortie. Liberté conditionnelle. Elle peut retourner chez sa copine, mais l'après-midi uniquement. Et seulement après que Béatrice s'est entretenue au téléphone avec l'un ou l'autre des parents de Manon. Aujourd'hui dimanche, elle a donc pu profiter d'une demi-journée avec sa copine.

Quant à moi, la séance était censée débuter à 14 heures 30. Je quittai donc la maison à 14 heures, ce qui me laissait plus de trois heures pour explorer le domicile de Serge Le Moal.

C'est fou ce que ça peut être facile de cambrioler une maison. Sans effraction en plus !

J'avais acheté une pince-monseigneur pour l'occasion – 65 euros ! – ça ne m'a servi à rien. Il a suffi de forcer le soupirail de la cave pour entrer dans la cahute de l'artiste. J'avais préparé mon coup, mais la déconcertante facilité avec laquelle j'ai pu opérer m'a surpris. Le chemin qui mène au crime est décidément celui du moindre effort.

Afin de ne pas me faire remarquer, j'ai évité la rue Principale, d'autant que la gendarmerie a mis des scellés sur le portail. Je suis passé par la plage. La maison de Le Moal possède un accès direct au littoral. Le grand luxe. Un petit escalier en pierre qui descend jusqu'à la mer ; il m'a suffi de l'emprunter et d'enjamber le petit portail blanc, lui aussi mis sous scellés.

Ça fait donc une demi-heure que je fouine dans la maison de feu mon collègue d'arts plastiques et je n'ai rien trouvé d'extraordinaire. Au contraire, ce que j'y découvre est d'un ordinaire pitoyable. La cuisine est d'un triste à mourir. Une table en formica jaune fin seventies avec sa parure de chaises, un placard coordonné, un évier en émail blanc, le tout recouvert d'une couche de crasse décennale. La salle de bain même chose. Les éléments sont en émail véritable de style 1930, époque de la maison vraisemblablement, mais la saleté qui les macule laisse penser qu'un troupeau de vaches vient à peine d'achever la traversée de la pièce.

Sur le rebord du lavabo, un gant posé là paraît avoir servi à lustrer un pot d'échappement. Au mur, pendouille à un crochet métallique un essuie-mains qui n'a pas dû essuyer que des mains ces dernières années. Sur la tablette émaillée blanche, dans un verre à moutarde devenu verre à dents, quoique la couleur dudit verre rappelle encore celle de la moutarde, celle à l'ancienne, marron avec les grains… une brosse à dents, de celles qui semblent avoir été affectées au graissage des chaînes de vélo une fois leur carrière dentaire terminée, penche là, en travers du verre. Il se dégage une telle tristesse et une telle misère de tout ceci que l'idée que Le Moal ait pu se suicider s'impose naturellement à mon esprit.

La salle à manger meublée en style breton ne semble pas avoir servi depuis une éternité. Les chambres paraissent elles aussi avoir cessé de vivre depuis au moins autant de temps, comme si Le Moal avait hérité de la maison et l'avait laissée en l'état sans rien changer à son organisation.

Et partout cette odeur de moisi, d'humidité et de renfermé qui me rappelle involontairement Le Moal lui-même.

Au premier étage, un petit palier avec deux portes. L'une donne sur des toilettes, je n'ai pas besoin d'ouvrir pour m'en assurer, j'identifie la nature de la pièce rien qu'à son arôme.

La seconde donne sur l'atelier de Le Moal. Je pousse tout doucement la porte. Je n'aurais pas dû… Les gonds se laissent aller à une longue plainte métallique qui emplit l'étage entier. Ainsi, la porte, dans sa course lente, fait petit à petit apparaître l'atelier de Le Moal.

À côté de la crasse des pièces du rez-de-chaussée, le contraste avec le reste de la maison saute aux yeux et aux narines. Là, tout n'est qu'ordre et beauté. La grande verrière à travers laquelle on aperçoit les arbres du jardin et un petit bout de mer, illumine la pièce. En face, sur des étagères en bois, des boîtes de couleurs, des tubes de gouache, des pots de pigments, des bouteilles d'huile, d'essence de térébenthine s'alignent impeccablement à côté des pinceaux rangés en fagots selon leur taille, dans d'anciennes boîtes de conserves. Deux chevalets droits imposent leurs silhouettes, face au lit défait, posé à même le sol. De toute évidence, Le Moal vivait là. Au moment où j'entre dans la pièce, je suis aussitôt saisi par un parfum différent du reste de la maison. Flotte dans cette pièce un parfum corsé, mêlé à une odeur de sueur, assez lourde.

Entre le lit et la verrière, une bibliothèque présente sur ses rangs des dos épais et colorés, caractéristiques des ouvrages d'art.

En rasant les murs, de façon à n'être pas vu des voisins à travers la grande verrière, j'entre dans l'atelier. Je me dirige vers la bibliothèque. Puis je m'assois sur le coin du lit et j'examine les livres. Les bibliothèques, c'est mon truc. J'aime observer la façon dont les livres sont alignés, s'ils sont classés, si ce sont des éditions courantes, de poche, luxueuses, et puis, bien sûr, m'attarder sur les titres des livres, les auteurs… Les bibliothèques sont toujours riches d'enseignement sur leurs propriétaires.

Je contemple donc les alignements de livres, en me laissant pénétrer de l'esprit de celui qui les a posés là. Les titres et les collections ne me renseignent pas beaucoup car la bibliothèque est exclusivement constituée d'ouvrages consacrés aux arts plastiques, et majoritairement à la peinture. Cela dit, je note tout de même que beaucoup d'ouvrages sont des livres d'analyse, des comptes rendus de colloques, de séminaires, des thèses mêmes ; autrement dit Le Moal s'intéressait à l'art en spécialiste. Point d'encyclopédie générale de la peinture ou de fascicules à la noix sur Vinci ou Van Gogh.

Au bout d'un long moment, je remarque enfin ce qui aurait dû me crever les yeux. Les livres ne sont pas classés selon leur taille, leurs collections ou leurs titres, ils sont posés les uns à côté des autres sans critères apparents. Mais sur la plupart des rayonnages, les livres sont serrés, au point de malmener même quelques couvertures. Parfois un ouvrage est posé au-dessus des autres, bref, la bibliothèque exprime clairement le manque de place.

Or, quelques rayonnages offrent des espaces vides. Des livres penchés ont glissé jusqu'à rencontrer le bord du meuble. Dans certaines cases, des fascicules occupent insolemment toute la place alors qu'à côté de gros opus sont compressés les uns contre les autres.

La conclusion s'impose… L'organisation de cette bibliothèque n'est pas le résultat d'une répartition effectuée au fil du temps mais au contraire d'un ménage précipité. On a expurgé la bibliothèque de certains de ses livres, sans rationaliser l'espace récupéré. Comme si elle avait été vidée d'un seul coup.

De même, alors que le plancher est constellé de taches de peintures et de vernis au pied des chevalets, alors que l'étagère est remplie de tubes de couleurs et de pinceaux de tous poils, alors même que l'on peut voir des toiles blanches et des bois d'encadrement prêts à servir… il n'y a pas un seul tableau dans l'atelier.

J'en suis là de mes investigations lorsque j'entends des bruits de porte et de pas au rez-de-chaussée. Quelqu'un vient ! Aussitôt, je cherche des yeux un endroit qui puisse escamoter ma gracile personne. Il n'y en a pas ! Pas de recoins. Pas d'issue non plus, or les bruits de pas sont désormais dans l'escalier ! J'ai très peur ! Je n'ai même jamais eu aussi peur ! En essayant de ne pas faire craquer le plancher, je me dirige vers la seule cachette possible : derrière la porte de l'atelier. Y eut-il jamais cachette plus précaire ?

L'individu qui arrive et dont je suis certain qu'il possède un casier judiciaire plus important que les œuvres complètes de Simenon, le genre de casier qui nécessite un index et un sommaire pour se repérer dans la liste des condamnations et des peines, n'aura pas trois pas à faire dans la pièce avant de m'apercevoir. Je suis foutu. Derrière ma porte, j'ai parfaitement conscience d'être une victime, la brebis attachée au fond de la cage du tigre. Condamné sans appel. Derrière la porte ! Tu parles d'une cachette à la con ! Même Louise quand on joue à cache-cache trouve mieux que ça ! La seule solution que m'offre cette "cachette" c'est d'assommer le tueur en série qui monte sitôt qu'il aura pénétré dans la pièce, avant qu'il ne me voie. J'attends, la main serrée sur la pince-monseigneur qui se trouve au fond de ma poche de blouson. Prêt au crime de sang. Légitime défense, enfin je crois, parce que de dos, et dans une maison où je suis entré frauduleusement, je ne suis pas sûr que la légitime défense se plaide facilement. Pour cela, il faudrait que je laisse se retourner le gus, que je jauge ses intentions, s'il est vraiment agressif, dangereux... etc... bref des conneries de législateur tatillon.

Alors que j'ai l'intention de cogner fort et dur ! Légitime frousse... Si j'avais un pistolet, ou même, tiens, une mitraillette... seulement je suis contre la chasse, contre les armes, contre la guerre, la violence... etc. J'ai vu *Bowling for Colombine*, j'ai manifesté contre la guerre en Irak, les mines antipersonnel... je n'ai même pas fait mon service militaire. P4 !

Mais tout ça c'était avant, avant les bruits de pas dans l'escalier, maintenant, je renierais bien tout mon passé antimilitariste contre une mitrailleuse ou un lance-roquette.

Les pas se sont arrêtés. Il est sur le seuil. Je le devine. Il s'avance... Je m'apprête à frapper, j'ai le bras en l'air... Je le vois !

Finalement les armes à feu en libre circulation, c'est d'une irresponsabilité complète. Le nombre de bavures qu'on évite en limitant la possession de ces articles !

Là, par exemple, j'aurais tiré sur ma propre fille, sûr que je ne m'en serais jamais remis.

— Emmanuelle ! Qu'est-ce que tu fous là ?

— Ouah !

Je crois que je lui ai fait la peur de sa vie à ma fille. Elle s'est retournée en faisant un bond... Je l'ai retrouvée sur le lit de Le Moal à l'autre bout de la pièce ! Heureusement qu'elle ne s'est pas évanouie, j'ai pu lui dire tout de suite ma façon de penser.

— Tu te rends compte que j'aurais pu t'assommer ! Caché comme je l'étais, j'avais l'ascendant ! T'avais aucune chance.

— Tu m'as fait peur !

— Mais toi aussi tu m'as fait peur, je me demandais si je n'allais pas tomber sur un malabar. Dans un sens, ça me rassure que ce soit toi ! Mais tu m'avais pourtant promis de rester sage. Ta mère qui te croit chez Manon ! Comment les Le Borgne t'ont-ils laissé sortir d'ailleurs ?

— J'ai cru que j'allais mourir... Manon et moi, on a dit qu'on allait ramasser des plantes du littoral pour notre herbier de SVT. On est venues à vélo.

— Quinze bornes jusqu'ici, vous êtes motivées ! Je n'arrive pas à croire que tu aies osé entrer par effraction dans une maison ! Quand je pense que c'est moi qui t'ai élevée ! Par où es-tu rentrée d'ailleurs ?

— Par le soupirail de la cave, il était ouvert. Mais toi, qu'est-ce que tu fais là ?

— Dis donc, t'as du culot ! Si je suis là c'est bien parce que tu m'as laissé entendre qu'on avait assassiné ton prof de dessin. Non mais tu te rends compte des risques que tu cours ?

— Oui. À part ça, t'as trouvé quelque chose ?

— Ça se pourrait, allez, viens, partons d'ici, avec le hurlement que tu viens de pousser, on a dû t'entendre jusqu'à Pont-l'Abbé !

— Attends, je suis venue pour vérifier un ou deux trucs...

— Rien du tout ! On s'en va. J'ai eu mon compte de peur bleue pour la journée, pour l'année même...

— T'as vu, il n'y a même pas un tableau dans cet atelier, pourtant Le Moal était toujours en train de peindre, il nous le répétait suffisamment. Et puis il n'y a même pas de cartons à dessins comme ceux qu'il amenait en classe...

— Justement, je te dirais ce que je pense de tout ça en sortant d'ici.

— Ceux qui l'ont assassiné ont dû faire le ménage, rafler toutes les esquisses, toutes les preuves…

— Partons, il n'y a plus rien à découvrir ici.

— Attends.

Elle se saisit du téléphone, un vieux combiné des années 80 et commence à composer un numéro, en tournant le cadran…

— Qu'est-ce que tu fais ? Tu appelles la police ?

— Non, le 3131… T'es prêt ? Tu notes ?

Le temps de revenir de ma surprise, de prendre mon stylo et mon calepin, celui sur lequel je note toutes mes idées géniales d'écrivain…

— Alors… Le 26 janvier à 23 heures 36, un appel du 02 98 32 45 54.

Je n'en reviens pas du 3131, et en plus un appel datant d'un jour avant la mort de Le Moal ! Elle est balèze, ma fille !

— Maintenant, il n'y a plus qu'à faire l'annuaire inversé et le tour est joué !

— C'est ça, raccroche et foutons le camp, parce que d'ici qu'on soit obligé d'appeler un avocat, il n'y a pas des kilomètres… Il ferait peut-être un prix à ta mère pour nous défendre tous les deux, remarque.

— Manon m'attend près de l'école de voile, rejoignons-la…

Nous descendons jusqu'au rez-de-chaussée, un

vieil escalier en chêne foncé. Lorsque nous sommes à quelques marches du palier, un bruit nous parvient de la cave, par la porte qui y mène, restée ouverte. Emmanuelle et moi nous nous figeons dans notre descente. Je tourne aussitôt la tête vers ma fille, derrière moi.

— Qu'est-ce que c'est encore que ça ?

— C'est le soupirail qui fait ce bruit-là, je reconnais le son.

— Les flics ?

— Pas par le soupirail !

— C'est quand même pas Manon !

— Bien sûr que non !

— Vite, planquons-nous !

À pas de loup, aussi vite que nous le pouvons sans faire craquer l'escalier, nous descendons jusqu'au palier. Je tourne la tête dans toutes les directions à la recherche de la cachette la plus appropriée, cache-cache c'est le thème de la journée ; si j'avais su, j'aurais emmené Louise, elle se serait amusée. Alors qu'on entend distinctement quelqu'un monter les marches de la cave, j'attrape Emmanuelle par la main et je l'emmène sous la table de la salle à manger nous mettre à l'abri derrière la grande nappe qui tombe jusqu'au sol. Nous avons à peine rabattu le tissu que les pas se font entendre sur le seuil puis sur le vieux parquet. Le type doit désormais être juste en face de la porte de la salle à manger. Dieu sait ce qu'il est en train de faire ! Notre cache remplit assez bien son rôle, nous soustraire aux yeux du nouveau visiteur qui vient de se pointer, mais elle comporte deux défauts.

Primo, la table repose sur un pied central, ce qui n'est pas du tout confortable lorsqu'on se trouve en dessous.

Deuxio, là où nous sommes, nous ne voyons plus rien. Seuls, les bruits provoqués par l'intrus nous parviennent. Ce qui dans un film à suspense serait sûrement très intéressant, mais qui, dans notre cas, s'avère plutôt terrifiant...

J'entends l'individu qui avance, toujours dans le hall. Je sens à son pas saccadé qu'il doit regarder dans chaque pièce dès qu'il passe devant une porte... J'entends maintenant ses pieds frotter le parquet, il a dû se retourner. Où regarde-t-il désormais ?

Après un silence assez court, la maison résonne d'un cliquetis métallique, une sorte de tintement de clochette, suivi d'une série de pas rapides... qui s'éloignent ! Qui redescendent les marches de la cave ! On perçoit ensuite le grincement du soupirail et le son d'un corps qui se frotte le long d'un mur... Il est reparti ! Le gus s'en est allé, comme il était venu.

Qu'est-ce que c'est que ce dingue ? Monsieur entre par effraction, fait trois pas, joue un air de triangle et se barre en courant ! Qu'est-ce qu'il est venu foutre chez Le Moal ? C'est l'acoustique qui l'intéressait ?

— On devrait peut-être y aller ? propose Emmanuelle, la tête coincée entre deux renforts du plateau de la table.

L'idée que Fantômas nous a peut-être vus et qu'il est parti chercher des complices pour nous faire notre affaire me traverse l'esprit.

— T'as raison. On y va.

Je relève la nappe lentement, histoire de m'assurer qu'il n'y a pas de comité d'accueil, puis je sors de là-dessous en tenant le tissu pour Emmanuelle, le temps qu'elle s'extraie. Lorsque nous débouchons sur le palier, en sortant de la salle à manger, j'en prends plein les naseaux ! Le même parfum qu'à l'étage ! Mais tout frais cette fois ! Une odeur ni féminine ni masculine. Une senteur quasi animale. Sueur et épice !

En même temps, je réalise pourquoi l'animal en question s'est introduit ici :

— Regarde. Des clefs ! Il s'est arrêté juste derrière la porte d'entrée et il a trifouillé les clefs. C'était ça le tintement métallique !

À gauche de la porte, se trouve effectivement un porte-clefs, un de ces trucs ignobles en bois foncé avec des clous dorés et une carte postale… Je l'avais repéré tout à l'heure avant de monter. Je m'étais gaussé intérieurement du style. J'aurais mieux fait de faire gaffe, de photographier mentalement le nombre de clefs. Je serais en mesure de dire ce qui a changé maintenant. J'ai beau scruter les sésames, il y en a un paquet, je suis incapable de dire si Belphégor est venu récupérer un trousseau ou au contraire en remettre un. Y'a bien un truc qui me chiffonne, comme dit Columbo, mais je n'arrive pas à voir quoi exactement. Je parierai qu'il manque une clef, mais laquelle ?

Emmanuelle me prend par la main à son tour et nous taillons en empruntant le même chemin que cézigue. Le palier… l'escalier de la cave… le soupirail… pas besoin de fléchage, on connaît le chemin. La maison de Le Moal c'était la grande idée de sortie du week-end. On se serait cru aux journées du patrimoine. Nous, on est même venus en famille ! Avant de passer par le soupirail, je jette un œil à l'extérieur, des fois que mes parents soient en train de fêter leurs 40 ans de mariage dans le jardin. Non, ça va, personne. Je me hisse vers l'extérieur puis c'est ma fille qui en fait autant.

Nous longeons la maison en courant, courbés en avant comme des soldats sur lesquels on menace de tirer, vachement discrets, pas louches pour deux balles, et nous atteignons l'escalier qui mène à la plage. Personne. Emmanuelle et moi enjambons le mur, à cause des scellés du portillon. Puis nous nous mêlons aux quelques promeneurs qui déambulent dominicalement sans se douter que le père et la fille qu'ils croisent sont en fait d'audacieux aventuriers.

Une fois revenus de nos émotions, Emmanuelle et

moi essayons de comprendre qui a bien pu s'introduire ainsi chez Le Moal.

— Assurément quelqu'un qui avait laissé quelque chose de compromettant…

— Ou qui avait besoin de replacer quelque chose dont l'absence eût pu être compromettante, complété-je.

— En attendant, nous sommes fixés. Nous cherchions une preuve que Le Moal était mêlé à une histoire bizarre. C'est fait, s'enthousiasme Emmanuelle.

— Du calme. Rien de tout ça ne prouve que le collègue s'est fait assassiner !

— Je ne sais pas ce qu'il te faut. L'atelier débarrassé de tous ses tableaux, le visiteur mystérieux…

— La bibliothèque vidée d'une partie de ses livres ! Tu as raison il y beaucoup d'éléments incompréhensibles… Mais pas de preuve solide ! On n'est pas plus avancés. Si seulement on avait pu découvrir un élément objectif qui nous permette d'être sûrs… C'est insupportable d'hésiter comme ça tout le temps, on se croirait dans un récit fantastique ! Allez rentrons… Et toi, pour la dernière fois, je ne veux plus que tu te mettes en danger de la sorte. Sinon je dis tout à ta mère !

— D'accord.

— Bon, si on allait retrouver Manon ? Il ne faudrait pas qu'elle prévienne la police ou pire, ses parents ! J'aurais encore l'air en dessous de tout !

La tronche de Manon quand elle me voit débarquer au rendez-vous en compagnie d'Emmanuelle, ça vaut son pesant de dattes séchées. Elle est assise sur le bord du trottoir, à côté de leurs deux vélos, et elle nous regarde venir vers elle, les yeux grands ouverts, bouche bée. Elle en oublie même d'éteindre sa cigarette.

— Ne t'inquiète pas, je ne dirai rien à tes parents… À condition que tu ne couvres plus Emmanuelle dans ses aventures insensées.

— Promis, balbutie-t-elle en écrasant son mégot.

— Allez, prenez vos vélos, on va les mettre dans le coffre, je vous ramène chez Manon.

— Tu ne t'es pas trop ennuyée, c'était pas trop long ? s'inquiète Emmanuelle auprès de sa copine pendant qu'elles reprennent leurs vélos.

— Non, ça a été… Mais j'ai eu chaud ! J'ai voulu aller faire un tour à la plage avec mon vélo et j'ai failli me faire renverser par une voiture qui passait à fond. Je ne l'avais pas vue arriver. Une New-Beetle. Je suis tombée de vélo, heureusement sur le trottoir, tellement elle m'a fait peur. Si j'avais été sur la rue, je crois qu'elle m'écrasait.

— Les boules ! s'exclame de façon très littéraire Emmanuelle.

J'en frémis moi aussi à l'idée de l'explication que j'aurais dû fournir aux parents de Manon.

Comme quoi tout ceci commence à devenir de

plus en plus tordu ! Je dépose les filles à deux cents mètres de chez les Le Borgne, juste avant d'aller y chercher Emmanuelle ! « Bonjour Monsieur, bonjour Madame, comment allez-vous ? Emmanuelle est là ? »

Le retour à la maison consacre définitivement notre duplicité.

Après qu'Emmanuelle a expliqué à Béa qu'elle avait passé son dimanche après-midi à chercher des plantes de bord de mer pour l'herbier de la prof de SVT, j'ai dû résumer l'intrigue d'X-MEN 6 et donner mes impressions sur le film.

— Ce n'est pas mal, mais comme toujours dans les films américains, les sentiments et les psychologies sont vraiment… bla… bla… bla.

Nihil ad veritatem loquor.

Avant d'aller se coucher, Emmanuelle vient me voir dans la salle de bain pendant que je me brosse les dents.

— Le numéro de téléphone, murmure-t-elle, j'ai vérifié, c'est celui du collège !

— Merde, t'as raison, je n'avais même pas fait gaffe. Alors ça ne prouve rien, ça peut être le secrétariat ou la vie scolaire ou même le principal… N'importe qui.

— Sauf que le coup de téléphone a été donné à 23 heures 36 ! À cette heure-là, ça peut plus être la vie scolaire.

Le mardi qui suit notre escapade chez Le Moal, à la mi-février donc, le scoop de l'année tombe sur tous les téléscripteurs des agences de presse.

Contre toute attente, à moins de deux semaines des vacances d'hiver, cette année à cheval entre février et mars pour la zone A, alors que nous nous apprêtions à passer ces congés chez nous, au bord de la mer, en Bretagne, dans le Finistère, le plus simplement du monde, à lire, aller au cinéma, voire, dans le plus grand secret, pour Emmanuelle et moi à continuer de pourchasser quelque hypothétique criminel, alors que la vie suivait son cours donc, Béatrice nous convoque tous dans le salon et nous apprend que ses parents viennent de l'appeler pour lui annoncer que le locataire qui devait occuper l'appartement dont ils sont propriétaires à Val Thorens la première semaine des vacances d'hiver s'est désisté et que, subséquemment, ils nous offrent l'usufruit du dit appartement pour la semaine du 25 février au 4 mars.

La nouvelle est accueillie par des hurlements dignes d'une finale de slalom géant.

Déjà le salon prend des allures de piste de ski, Anna dévalant la rambarde de l'escalier à califourchon, Emmanuelle sautant du canapé au fauteuil et Louise cavalant autour de la table basse, ignorant, la pauvre, qu'une semaine de ski signifie pour elle une semaine de crèche, ou pire une semaine avec ses grands-parents !

— Ça va nous faire du bien d'aller passer une semaine à la montagne, tu ne crois pas ?

J'abonde dans le sens de Béatrice :

— Bien sûr, c'est un bien joli cadeau que nous fait là Belle-maman.

VIII

Mars.

— Tu as vu Emmanuelle ?

— Non, pas depuis le dernier endroit où on s'est arrêté.

— Alors elle a dû prendre à gauche après les sapins, la piste rouge.

Béa, légèrement pliée en avant, tient Anna entre ses jambes, leurs skis collés ensemble. C'est de cette façon que nous venons de descendre la piste bleue dite "Les Chamois". Béa entravée par sa fille, moi, libre au contraire, caracolant en avant, "tout schuss".

— Tiens, la voilà !

Béatrice me désigne du doigt une minuscule silhouette d'hominidé fluorescent qui agite les bras en l'air, tout en contrebas de la piste dite "des Bouquetins". C'est Emmanuelle, par la piste rouge elle est arrivée plus bas que nous.

— Rejoignons-la.

Je laisse Béatrice démarrer poussivement avec Anna, avant de m'élancer à mon tour et de glisser avec élégance sur la piste selon une trajectoire toute en ondulations dont la sinuosité n'est pas sans évoquer la courbe de la croissance économique de ces dix dernières années ou les méandres du cours de la Seine. Métaphore économique ou géographique, comme on voudra, pour une descente d'une grande souplesse. Je n'ai pas perdu depuis notre dernier séjour, loin s'en faut. J'avoue même avoir été surpris par mon aisance à virevolter ainsi sur les pistes, me jouant des bosses, creux et autres mottes… Selon Béa, mon style procéderait uniquement de la location de skis dits “paraboliques”, à la différence de ceux que nous utilisions lors de notre précédente villégiature. Foutaises. Je n'ai rien répondu mais la vérité est ailleurs. En plus d'être un intellectuel, je possède une très bonne condition physique ainsi qu'un indéniable sens de l'équilibre. Point final. *Mens sana in corpore sano.*

J'arrive le premier auprès d'Emmanuelle, laquelle tire avantage d'être descendue par la piste rouge.

— T'aurais dû prendre à gauche après les sapins. La combe. Trop bien. Elle était vachement dure. La bleue y'en a marre, ça fait deux fois qu'on la fait.

— On ne va quand même pas lâcher Anna sur une piste rouge après trois journées de ski !

— La barbe ! Vivement qu'elle se débrouille…

Anna qui arrive justement, lâchée par sa mère sur les vingt derniers mètres. Elle achève sa glissade en chasse-neige au bout de mes skis. Sous son bonnet rouge et ses lunettes de soleil vertes, au-dessus de son écharpe bleue : grand sourire.

— T'as vu, Papa ? J'arrive bien à skier.

— Allez, on décolle ! s'écrie Emmanuelle, impatiente de remonter pour redescendre.

La queue qui nous attend au télésiège est digne de celle qui nous attendait trois jours plus tôt au péage de la "A truc", à la hauteur de celle qui s'étirait sur les dix-huit kilomètres précédant la station, comparable à celle qui se déployait devant la réception de l'immeuble où nous devions retirer nos clefs d'appartement, pareille à la file d'attente du loueur de skis, identique à celle de l'officine où l'on délivre les forfaits de remontées mécaniques… les sports d'hiver ne sont décidément pas sans rappeler la vie dans l'ex-URSS.

Vingt bonnes minutes plus tard, Emmanuelle et moi, nous sommes assis sur le banc métallique du télésiège, suspendus au-dessus du vide, comme si une grue était venue nous chercher sur un banc d'école. Derrière nous, sur une même banquette en équilibre, Anna et Béatrice nous adressent des signes de la main. Elles sont montées juste après. Au loin, s'agglutinant dans le goulet du télésiège, la grappe des skieurs dont la vue éblouirait un daltonien, tant les êtres humains qui la constituent semble avoir rivalisé d'imagination pour s'accoutrer des vêtements les plus bigarrés qui soient, ressemble à un attroupement de personnels de la DDE auquel se seraient adjoints des bagagistes d'Orly et des intermittents du spectacle briguant la succession du clown Zavatta... C'est l'arlequinade générale ! Autant la montagne est blanche, autant le montagnard moderne donne dans le multi-colorisme criard.

Pendant que nous ne sommes que tous les deux, Emmanuelle et moi en profitons pour faire le point sur notre enquête. Il n'était plus possible de rester ainsi dans l'incertitude. Las de tergiverser, j'ai décidé de frapper fort. Nous devions absolument savoir si *Le marché aux fleurs de Lübeck* était un vrai ou un faux. Toute la théorie d'Emmanuelle reposait là-dessus.

Deux jours seulement, après être arrivés dans la station, soit le lundi, je donnai un coup de téléphone au Musée des Beaux-Arts de Quimper – sur les conseils de Manu, depuis une cabine téléphonique – pour les informer que le Gaüser était une copie. Aussi sec, je leur ai balancé ça sans ménagement. J'ai demandé à parler au conservateur et je lui ai dit que les informations qui étaient en ma possession me permettaient d'être affirmatif : « Vous vous êtes fait dérober l'original ! » Et puis j'ai raccroché.

Maintenant, nous attendons la suite. Emmanuelle et moi suivons attentivement les derniers développements de l'actualité. Journaux, radio, télévision. Rien ne nous échappe. Nous sommes à l'affût du moindre entrefilet concernant *Le marché aux fleurs*... Si Emmanuelle avait vu juste, alors on devrait en entendre parler dans les jours qui viennent. À moins que le conservateur ne garde cela pour lui, ne cherche à étouffer l'affaire...

Nous verrons bien. Évidemment, je n'ai rien balancé à propos de Le Moal, il convient d'abord de s'assurer que le tableau de Gaüser exposé au musée de Quimper était bien un faux, ensuite seulement, si c'est le cas, nous pourrons prévenir la police et dire que Le Moal en était probablement l'auteur et qu'il s'est peut-être fait assassiner.

— Il est bientôt onze heures, je vais écouter France Info sur mon baladeur, des fois qu'ils parlent du tableau, déclare Emmanuelle juste au moment où nous passons au-dessus de la terrasse d'un bar d'altitude où des belles de Mars se font bronzer sur des transatlantiques.

Pendant que Manu enfile ses oreillettes, j'observe le bronzodrome. Il fait un soleil du diable, mais ça n'a pas l'air de suffire aux "fashion victims" qui peuplent la terrasse.

Certaines ont des collerettes comme celles qu'on met aux chiens malades pour ne pas qu'ils se lèchent, sauf que là, c'est pour concentrer les rayons du soleil, des fois qu'en montagne l'astre du jour manque d'intensité ; ça pourrait bien être l'antichambre de la chimiothérapie, la terrasse du *Refuge des Marmottes* :

pensant parfaire leur beauté, les demoiselles pourraient bien choper un cancer de la peau plus tôt que prévu. En les survolant, je pense aux vers de Ronsard…

« *Que vos beautés, bien qu'elles soient fleuries,*
En peu de temps cherront toute flétries,
Et, comme fleurs, périront tout soudain. »

Une fois au sommet, Emmanuelle et moi attendons Anna et Béa qui arrivent par la banquette suivante.

— Salut les champions, alors par où on part cette fois ? s'enquiert Béa.

— Par la rouge, "La Masse" ! déclare Emmanuelle une de ses oreillettes à la main.

— Ça risque d'être un peu difficile pour ta sœur…

— Oh non ! Tu n'as qu'à bien la tenir, rouspète-t-elle.

— On pourrait aussi la balancer dans le vide et la récupérer en bas !

— Eh ! ! ! Vous êtes pas gênés, regimbe Anna qui semble agacée de jouer la cinquième roue du carrosse.

— On n'a qu'à descendre par "Les Alpages", ce n'est une piste rouge qu'à mi-parcours, le début est bleu, je tiendrai fermement Anna dans la seconde partie. Comme ça tout le monde sera content, tranche Béa façon Salomon – le roi juif, pas la marque de pompes de ski.

Sur ce, nous nous engageons dans la descente.

— Si j'apprends quelque chose par la radio, je te fais signe, me murmure Emmanuelle discrètement, avant de tailler tout droit, les écouteurs sur ses oreilles.

Pendant qu'Emmanuelle tente de battre le record de descente, Béa et moi essayons de lâcher un peu Anna sur la piste, lui enjoignant d'aller de l'un à l'autre. Ça vient plutôt bien, à tel point qu'après une dizaine de tentatives, je décide de descendre plus bas. Anna se lance et, suivie à la trace par sa mère, elle réussit à glisser en chasse-neige et à tourner toute seule dans les virages.

— Bravo ma grande, c'est super !

Manu nous attend un peu plus bas à un croisement. Je l'observe, appuyée sur ses bâtons, elle regarde dans notre direction. Elle doit trouver le temps long, elle voudrait skier à fond toute la journée… mais il y a sa petite sœur. M'est avis qu'elle doit regretter qu'on n'ait pas laissé Anna avec Louise chez ses grands-parents. Soudain, je la vois qui se relève de ses bâtons pour me faire des grands signes. Ni une ni deux, je fonce vers elle. Elle a dû entendre quelque chose aux informations concernant *Le marché aux fleurs de Lübeck*.

Je trace "tout schuss" jusqu'à elle. En arrivant à son niveau, je l'enveloppe dans un dérapage contrôlé au millimètre, une vraie prouesse, dont Béa dirait encore que c'est grâce à mes skis paraboliques mais dont je sens bien que c'est plutôt grâce à la souplesse de mon jeu de jambes.

— Qu'est-ce que tu fais ? hurle Emmanuelle.

— Comment ça qu'est-ce que je fais ? Bah, tu m'as fait signe, je suis venu !

— Je t'ai fait signe parce que Maman est tombée et qu'Anna continuait toute seule en direction du bord de la piste ! Et toi qui me regardais au lieu de la regarder elle ! Anna est tombée !

Je me retourne aussitôt pour contempler l'étendue du désastre, je vois Béa penchée au bord de la piste au-dessus du vide, dix mètres derrière l'endroit où j'aurais dû me trouver pour réceptionner Anna.

— Mon Dieu, elle a dû faire une chute libre ! Dans quel état elle va être ?

Emmanuelle et moi détachons nos skis puis nous courons le plus vite possible vers le lieu du sinistre. Avec des pompes de ski dans le sens de la montée autant dire qu'on ne concurrence pas Marie Jo Perrec.

D'autres skieurs commencent à se regrouper sur les lieux du drame. Lorsque nous arrivons, Béatrice est aux côtés d'Anna. Fort heureusement elle n'est tombée que de trois mètres et la neige, épaisse à cet endroit, a amorti sa chute. Celle-ci conserve d'ailleurs l'empreinte du petit corps de ma fille, ses deux skis encore plantés dans le sol. Je dévale les derniers mètres qui me séparent d'Anna, ceux-là mêmes qu'elle a parcourus en l'air et Béa me cueille à l'arrivée.

— Mais qu'est-ce qui t'a pris ? Anna vient vers toi et tu t'en vas !

— Je ne l'ai pas vue venir, j'ai cru que tu la suivais toujours… Elle n'a rien ?

— Non je ne crois pas.

Les yeux d'Anna quand elle me regarde… Il y a du contentieux dans l'air. Je sens que je ne vais pas avoir la cote dans les jours, voire les années qui viennent.

J'espère que ça ne durera pas trop longtemps quand même. Lorsque j'ai voulu m'approcher d'Anna pour la sortir du bain, elle s'est mise à hurler. C'est gênant. D'après Béa, ça ne doit pas être trop grave, « parce qu'elle a verbalisé tout de suite ce qu'elle ressentait. »

— Tu m'as laissée tomber dans le trou exprès ! Je veux plus jamais que tu m'approches !

Je fais confiance à Béa, elle connaît les tout-petits, elle a lu tout Dolto, si elle dit que ça ne durera pas, je la crois, mais quand même, ça me fait bizarre. J'ai eu beau avancer la thèse de l'accident, Anna ne m'a pas cru. Elle penche pour le traquenard, comme si j'étais du genre à attirer mes enfants dans le vide !

J'ai donc laissé Béa sortir Anna du bain et je suis allé éplucher les pommes de terre pour la tartiflette du soir.

Dans la salle à manger, Emmanuelle regardait le 19/20, la page régionale.

Aucune chance qu'on entende parler des œuvres de Le Moal !

Ici, il n'est question que de chute de neige, de contest de snowboard, de sculptures sur glace, d'ascension par la face nord…

Je rejoins Emmanuelle sur le canapé, avec mon filet de pommes de terre, un économe et un plateau et je commence ma corvée de pluches devant la télé. Le présentateur à part, ça revient à regarder par la fenêtre : des montagnes, de la neige, des skieurs… d'ici que le speaker se mette à cuisiner une tartiflette lui aussi, il n'y a pas des kilomètres.

Après les informations locales, on a eu droit à une page de pub, copieuse, puis à une annonce pour un téléfilm au sujet d'un brocanteur qui recueille une jeune SDF sympa et jolie mais un peu bordélique et qui chamboule toute sa vie, tant et si bien qu'il décide de la mettre dehors, juste au moment où il réalise qu'il est tombé amoureux d'elle… On a compris tout ça rien qu'à voir la bande annonce, c'est dire le suspense intenable que vont ressentir les téléspectateurs, d'autant qu'une des images montrait le broc' en train d'embrasser la jeune fille ! Après quoi on a eu droit à une autre page de pub, puis à la météo, puis repub avant que ne commence enfin le journal télévisé, édition nationale.

— Encore devant la télé ! se plaint Béa en nous voyant sur le canapé, depuis qu'on est ici, vous passez vos soirées à regarder les infos !

— C'est important de se tenir au courant, même en vacances, répond Emmanuelle hypocritement. Ça m'inquiète de voir à quel point elle ment avec naturel.

— Qu'est-ce que c'est que ça ? m'interroge Béatrice en désignant le tas de pommes de terre épluchées sur le plateau, t'as invité du monde ? Regarde, t'as pelé les cinq kilos !

— Excuse... Je n'ai pas fait exprès... j'étais distrait, dis-je humblement, mais c'est de leur faute aussi, avec toutes leurs pubs, j'ai fait ça machinalement ! Heureusement qu'il ne s'agissait pas d'un sac de 25 kilos, j'aurais été capable de tout éplucher.

— Qu'est-ce que tu veux cuisiner pour cinq avec autant de patates ? Ça vous abrutit grave la téloche, ça ne donne vraiment pas envie d'en avoir une chez soi !

— Oh si, c'est bien la télé ! répond Anna qui nous a rejoints pour assister au énième rebondissement du conflit israëlo-palestinien.

— Tu fais gaffe à Anna devant les infos, qu'elle ne voie pas trop d'horreurs, déclare Béa à mon adresse avant de quitter la salle à manger.

Enfin, quand je dis quitter la salle à manger, il ne faudrait pas s'imaginer qu'elle s'enfile un long couloir pour prendre la troisième porte à gauche. Dans les appartements de montagne, quand on est à un bout du logement, on n'est jamais très loin de l'extrémité opposée.

J'en suis là de mes considérations architecturales quand la présentatrice annonce de but en blanc « une rocambolesque histoire de vol de tableau » et alors qu'à l'écran, en haut à droite se cristallise une image du département du Finistère avec Quimper écrit en rouge.

Nous nous redressons d'un seul coup du canapé Emmanuelle et moi, et, d'un même élan, nous nous rapprochons de la télévision, un peu comme ces fans de football qui, lors des retransmissions de matchs, se relèvent de leur siège quand la phase de jeu est trop intense. Comme eux, nous sommes suspendus aux lèvres de la présentatrice.

C'est dans cette position que Béatrice nous surprend en revenant dans le salon.

— Qu'est-ce qui vous prend tous les deux ?

— On parle de Quimper à la télé ! lance Emmanuelle dans une diversion aussi habile qu'improvisée.

— Ah ?

Si bien que Béatrice vient se coller au dos du canapé pour suivre le reportage avec nous.

« — Sans que personne ne s'en soit rendu compte, une des toiles du Musée des Beaux-Arts de Quimper avait été remplacée par une copie pour masquer le vol de l'original. On ignore depuis combien de temps la supercherie a pu ainsi tromper jusqu'au conservateur du musée… »

Monsieur Delamole, conservateur du musée s'incruste dans le bas de l'écran :

« — Non seulement nous sommes incapables de dire quand le vol a pu être commis, on espère que l'enquête en cours permettra de l'établir, mais ce qui nous étonne le plus c'est la perfection de la copie réalisée. Il nous a fallu recourir à une véritable expertise pour dévoiler la supercherie et encore ce sont aussi les matériaux utilisés, le cadre, la toile et surtout la peinture qui nous ont donné la certitude qu'il ne s'agissait pas d'une œuvre de Gaüser. La toile a révélé des traces de sulfure de cadmium, un pigment utilisé seulement depuis le début du XXe siècle. En fait, c'est un appel anonyme qui nous a révélé le vol, sinon, il y a fort à parier que beaucoup de temps aurait pu s'écouler avant que nous nous en rendions compte. »

Fin du reportage sur place. Retour en studio. La présentatrice :

« — La question qui se pose maintenant est celle de savoir si ce vol est un acte isolé ou si d'autres toiles du musée, voire d'autres musées, auraient ainsi pu être subtilisées. Affaire à suivre. »

— Et ben ça alors ! Qui aurait pu imaginer un truc pareil au musée de Quimper ? Vous vous rendez compte, personne n'avait rien vu ! s'exclame Béatrice.

— Incroyable, en effet…

Si Béa savait que tout ce cirque est dû à mon coup de téléphone, que c'est sa propre fille qui a découvert le pot aux roses, à savoir que c'est probablement son professeur d'arts plastiques qui copiait des tableaux pour permettre à des voleurs de s'emparer des originaux, elle s'enthousiasmerait moins. Entendre Béa commenter l'événement comme quelque chose de lointain alors que nous sommes au cœur du truc me fait l'effet de ressembler à un de ces assassins qui cachent la réalité de leurs crimes sous un vernis irréprochable. L'assassin de vieilles dames, voisin modèle. Gendre idéal au-dehors, Landru en dedans.

Manu et moi restons sans voix. Heureusement Béatrice se charge de meubler l'espace sonore.

— Quel talent il doit avoir le type qu'a réussi ce coup-là, pour bluffer son monde de la sorte ! La vache ! En fait, quand t'y penses, c'est hyper fort ce qu'il a fait. Il s'est fait un délire façon art conceptuel, peinture contemporaine… Un truc dans le genre… Il prend le contre-pied de tous les artistes… au lieu de faire du "*reuz*" pour se faire reconnaître, montrer qu'il est le plus beau, le plus fort, le plus génial, de remuer ciel et terre pour se faire exposer à grand fracas dans les musées du monde entier : hop ! il copie une toile et il s'invite tout seul au milieu des peintres consacrés ! En même temps, il pose une question super intéressante, qu'il est le seul à entendre, c'est vrai : Est-ce la toile qui vous plaît ou le nom inscrit en dessous ? Pourquoi appréciez vous cette peinture plutôt que telle autre ? Ce peintre plutôt que tel autre ? Alors que notre époque en est à chercher l'art un peu partout et à vouloir de l'originalité absolument, lui il copie les classiques, se fond dans le style d'un autre et, clandestinement, le plus discrètement possible, prend sa place dans le musée. Ça c'est du happening ! En même temps, il joue sur le vrai et le faux, le légal et l'interdit… C'est vachement fort… J'arrive pas trop à formuler ce que je pense exactement, je suis un peu confuse mais je pressens qu'il y a là un truc qui va faire date.

Emmanuelle et moi nous regardons Béa béats, pendant qu'elle disserte et dresse le panégyrique de Le Moal. La dimension criminelle de la chose lui échappe complètement à ma chère Béatrice, pour un peu, elle lui ferait remettre la médaille des Arts et Lettres, à Le Moal.

A titre posthume, ignore-t-elle.

La nuit venue, les paroles de Béa trouvent soudain du sens ; comme critique d'art, elle assure. Je suis allongé à ses côtés, dans la salle à manger devenue chambre, tandis qu'elle dort comme une enfant, moi j'ai les yeux grand ouverts et je repense à ce qu'elle a dit à propos du talent du faussaire. J'ai du mal à imaginer Le Moal en trafiquant de tableau attiré par l'appât du gain, ça ne colle pas avec l'image que j'ai de lui. D'autant qu'à en juger par son accoutrement et son intérieur, l'argent ne l'intéressait pas. Non, je me figure plutôt les choses comme Béatrice le suggérait involontairement. Un Le Moal fasciné par l'imitation qui prend son pied en copiant des toiles de maître, ravi à l'idée que son travail se verra exposé dans des musées, sans que personne ne s'en rende compte. Le clodo aux doigts d'or. J'ai soudain une très grande sympathie pour ce type maintenant disparu…

Si je m'étais écouté, à la Maison de la Presse, j'aurais acheté tous les journaux du jour car tous évoquaient la découverte du faux Gaüser au musée de Quimper. Même *Le Dauphiné libéré*, d'après sa une, lui consacrait un article en page 12.

Comme je ne pouvais pas ramener tous ces quotidiens à l'appartement, à cause de la tronche que Béa aurait tirée en me voyant effeuiller ainsi la presse du jour, je lisais les articles les uns à la suite des autres dans l'échoppe même.

Celui du *Monde* ne m'apprenait rien de plus que le JT de la veille. L'article du *Figaro* non plus, il insistait sur le talent du faussaire, dans le plus pur style *Figaro*, « Un criminel qu'il faudrait démasquer de toute urgence, de peur que la réputation des musées français ne souffre de cette regrettable publicité. »

Je reposai ledit *Figaro*, quand je réalisai que le tenancier m'avait repéré. J'augurai qu'il appréciait mollement que je lise les journaux dans son commerce.

Avant une réflexion du genre « c'est pas une bibliothèque ici », je décidai d'acheter les quotidiens que je n'avais pas encore lus à savoir *le Dauphiné* et *Libération* et je quittai les lieux.

Dans l'appartement, je me suis assis à la table du salon et j'ai commencé à lire *Libé* en essayant de ne pas réveiller Béatrice en tournant les pages.

L'article de *Libé* est précis, on y apprend que tous les musées qui exposent des toiles de Gaüser ont été sommés de vérifier l'authenticité de leurs tableaux. En revanche, sur l'identité du faussaire, les enquêteurs ne semblent pas savoir grand-chose de plus.

Après avoir lu tous ces articles, je me dis qu'un second appel anonyme pour signaler que le faussaire responsable de tout ce remue-ménage est probablement Serge Le Moal, professeur d'arts plastiques au collège Ker Mor, fera sûrement gagner du temps aux enquêteurs tout en leur suggérant une piste concernant sa mort prématurée.

C'était compter sans l'article du *Dauphiné Libéré*, sans doute bouclé plus tardivement et qui développait une information inédite.

Un scoop même, pour ce journal centré sur l'actualité locale.

« *Vol du Marché aux fleurs de Lübeck, la piste savoyarde.* »

Là où les autres journaux se contentaient d'évoquer un appel anonyme ayant informé le conservateur du musée, le *Dauphiné Libéré*, lui, révélait que le téléphone du musée de Quimper avait gardé en mémoire le numéro anonyme – et pas par esprit de clocher à deux balles ; Taïaut ! Taïaut ! – le "journaliste" annonçait que le numéro en question était celui d'une cabine téléphonique située à Val Thorens, point d'exclamation. Ce qui d'après les enquêteurs ne permettait pas de remonter plus loin. Sauf que le journaliste en rajoutait en se demandant pourquoi le coup de téléphone qui avait révélé un vol de tableau à Quimper avait été donné depuis la célèbre station de ski ! « Un mystère de plus à élucider ». Judas ! De quoi je me mêle ? Peut pas se contenter de récrire les dépêches AFP comme tous ses confrères !

J'ai du mal à reposer le journal, je suis tétanisé par ce que je viens de lire. Plus question de téléphoner pour dire quoi que ce soit aux flics à propos de Le Moal. Ils auraient tôt fait de faire le lien entre le numéro de la cabine et un de ses collègues venus passer ses vacances à Val Thorens, en l'occurrence moi ! Ce qui me placerait invariablement en pôle position sur la liste des suspects. Déjà que je suis coupable de rétention d'informations pouvant aider la justice… J'imagine d'ici l'interrogatoire :

« — Pourquoi n'avez-vous rien dit puisque vous possédiez des éléments permettant d'incriminer le citoyen Le Moal dans la copie du Gaüser ?

— Bah, c'est-à-dire, que j'étais pas sûr... C'est ma fille qui...

— Votre fille ? Je vois ce que c'est, on cherche à accuser un mineur pénalement irresponsable ! Mais ça ne prend pas, je vais vous le dire moi pourquoi, vous n'avez rien dit, parce que c'est vous qui avez assassiné votre collègue ! »

Et hop affaire classée ! *Le Noac'h m'a tuer* ! J'aurais beau arguer « que...», le fait d'avoir tardé à les contacter suffira à convaincre ces messieurs de la police, amateurs de raccourcis, que j'ai quelque chose à me reprocher et que donc je suis coupable.

Cette fois, je suis vraiment dans la merde. C'est Manu qui vient de me donner le coup de grâce, tandis qu'on pend encore dans le vide sur une banquette de télésiège.

— T'as raison, faut rien leur dire, les flics seraient sûrement du genre à ne pas chercher plus loin pour tout te mettre sur le dos. D'autant que t'avais pas de gants le jour où on a visité la maison de Le Moal, t'as laissé des empreintes partout.

Manu non plus ne prend pas de gants pour m'annoncer le coup des empreintes chez Le Moal. Elle aurait pu faire preuve d'un peu de psychologie, si je l'avais élevée comme ça, moi, à coups de massue, quand elle avait peur du loup et des monstres, elle ferait moins la fière aujourd'hui, elle raserait les murs dans la vie au lieu de mener l'enquête façon Fantômette, Club des cinq et tout et tout.

Le télésiège ne nous a pas encore débarqués que je gamberge à cent à l'heure. Réflexe d'auteur de romans policiers passé maître dans l'art de bâtir des enquêtes, je me mets à la place du flic chargé de remonter la piste du coup de téléphone. Et la facilité déconcertante avec laquelle les choses peuvent s'enchaîner me déprime. Le flic possède la date et l'heure du coup de téléphone : le lundi 27 février à 10 heures 30 à peu près. Il connaît l'emplacement de la cabine téléphonique : juste en face de l'immeuble où, quelle coïncidence, une famille de Finistériens avait élu domicile pour la semaine. Il n'a donc qu'à essayer de recueillir des témoignages de commerçants sis aux alentours de ladite cabine pour savoir qui y était ce jour-là, à cette heure-là. Et ensuite ç'en est fait, parce que si l'une des boutiques, ou tiens le distributeur de billets, est équipé d'une caméra de surveillance, à cause de l'insécurité galopante ma pauvre dame, ou qu'un touriste Monsieur cinéma s'est amusé à filmer au caméscope son fils en train de descendre la piste située en arrière de la cabine, alors bibi on va le voir en train de passer son coup de téléphone dans un long plan séquence ininterrompu de trois ou quatre minutes qui le mènera droit en cabane. Parce que quand ma tronche passera à la télé avec écrit en dessous « *Si vous connaissez cet individu, prévenez la police* », je ne suis pas homme à passer inaperçu, moi. Tous mes élèves s'écrieront devant leur poste : « Mais c'est monsieur Le Noac'h à la télé ! ».

L'omerta, mes 6e C, ils ne connaissent pas.

Afin de n'être pas reconnu par d'éventuels témoins du coup de téléphone, je me suis acheté une parka neuve, jaune, verte et orange fluo, un bonnet en polaire avec des clochettes façon lutin et un masque anti-UV de compétition. Ainsi vêtu, j'ai l'air du parfait jeune cadre dynamique venu s'éclater à Val Tho pour décompresser. Exactement ce dont j'avais besoin pour passer inaperçu au milieu de mes semblables skieurs. Ça n'a pas plu à Béa mes achats, 299 euros le blouson, 35 le masque et 47 le bonnet c'est vrai que ça n'est pas donné, mais je n'avais pas le choix. C'était le prix de la liberté.

Même incognito, ces trois dernières journées de ski sont un véritable supplice, je n'ai qu'une seule envie : foutre le camp de cette maudite station pour rentrer à la maison mais c'est bien sûr impossible, même Emmanuelle s'y opposerait. Je souffre donc en silence, feignant l'amusement et l'insouciance comme il convient au skieur contemporain. Il faut dire que je suis aidé en cela par mon costume, à lui seul il exprime la joie et le contentement de soi que je serais incapable de feindre autrement. Tel l'acteur de Commedia dell'arte qui, déprimé par la misère de la recette de la représentation, peut néanmoins faire bonne figure au spectateur grâce à son masque de cuir, je fais face à ma famille et au monde sous mon ridicule bonnet à clochettes.

Qui, en effet, pourrait s'imaginer qu'un être aux abois puisse coiffer une telle toque ?

Le soir seulement, les masques tombent, je peux me laisser aller à l'abattement en m'avachissant sur le canapé du salon.

Il me suffit alors de prononcer une phrase du genre : « c'est fou ce que ça peut crever le ski » pour que ma dépression prenne l'apparence plus anodine de la fatigue. Mais je voudrais tant être ailleurs… en Bretagne… chez moi… dans ma bibliothèque… avec ma petite fille, ma Louison, mon bébé !

De toute évidence, je m'étais un peu emballé. Je dois avoir plus d'imagination que la police ou, plus simplement, peut-être que le distributeur automatique de billets de Val Thorens n'est équipé d'aucune caméra de surveillance parce que la fin du séjour s'est déroulée sans arrestation et lorsque j'ai garé ma voiture sur le trottoir devant notre maison, nous n'étions attendus par aucun cordon de gendarmerie.

Ceux qui nous attendaient n'avaient rien de menaçant – quoique – il s'agissait de mes beaux-parents.

Ils sont venus nous accueillir sur le pas de notre porte avec un bruyant « bonjour », tandis que Louise s'échappait d'entre leurs jambes pour sauter dans les bras de sa mère. La vue de ma belle-famille me procura une joie inhabituelle. L'allégresse d'un réveil dans le quotidien le plus ordinaire après une longue nuit de cauchemar.

Pendant toute la dernière semaine des congés d'hiver, j'ai acheté le *Télégramme* et le *Ouest-France* chaque jour.

Les deux organes d'information bretons suivent l'affaire du faux *Marché aux fleurs...* de très près. J'ai ainsi appris que tous les tableaux du musée de Quimper ont été vérifiés et qu'il n'y aurait aucun autre faux.

De même les autres musées qui possédaient des toiles de l'artiste ont eux aussi fait procéder à des expertises. Aucun autre Gaüser n'a été copié, ni donc dérobé. Hormis cela, l'enquête semble piétiner.

Ce qui n'est pas le cas de mon récit. Je me dépêche de le terminer avant qu'on vienne m'arrêter. En prison, je ne sais pas si j'aurai le loisir d'écrire. De Marco Polo à Genet, en passant par Villon et Voltaire, la cellule a toujours été un lieu propice à la création littéraire. Mais ça c'était avant la surpopulation carcérale.

De nos jours, entre le dealer et le sans-papier, le violeur et le chauffard, le poète n'a guère plus où poser son encrier. Juste à garer ses miches, comme tout le monde.

Le dépit des apparences - Chapitre VIII

Xavier était décidé à tout mettre en œuvre pour tenter d'élucider les circonstances de l'assassinat dont avait été victime l'enfant momifié de la tombe de Ker-Am-Stat. Juste après avoir observé l'incision à la gorge de la momie, il avait procédé à un certain nombre de prélèvements : morceaux de peau, restes de muscles, éléments présents dans le tronc.

Les résultats de ces prélèvements arrivaient les uns après les autres des différents laboratoires et confirmaient que la momification n'avait pas été faite dans les règles.

D'ordinaire, l'embaumement des personnages importants se composait de quatre étapes. Tout d'abord l'excérébration. En passant par les fosses nasales, on extrayait le cerveau à l'aide d'un grand crochet. Ensuite, l'éviscération. Après avoir pratiqué une incision dans l'abdomen ou sur le flanc, on sortait les intestins et tous les organes du tronc. On procédait alors à la déshydratation du cadavre. Le corps était traité au natron, mélange de carbonate et de bicarbonate de soude que les Égyptiens ramassaient sur les bords des lacs. L'embaumeur plaçait dans le corps des sachets contenant du natron aux propriétés hygroscopiques, afin d'absorber l'humidité des tissus. Puis le corps était exposé au soleil pendant 30 à 40 jours. Après cette dessiccation, l'embaumeur lavait la dépouille et enlevait les sachets de natron. Il n'y avait plus alors qu'à oindre le corps d'huiles et de résines, à remplir le cadavre de sachets de sciure de bois pour qu'il ne s'affaisse pas et on procédait au bandelettage de la momie proprement dit. L'opération complète durait environ 70 jours.

Mais, dans le cas présent, le processus de momification avait subi de nombreuses entorses…

Le premier résultat d'analyse ne surprit pas Xavier. En effet, ici et là, dans l'abdomen de la momie, il avait découvert des boulettes très dures dont il avait prélevé plusieurs échantillons pour les faire examiner. Les examens du laboratoire confirmaient ce qu'il avait pressenti : la composition chimique de ces boulettes correspondait à du savon ! Les graisses du corps, en effet, lorsqu'elles entraient en contact avec le sodium du natron pendant la période de dessiccation, produisaient du savon. Mais celui-ci était normalement éliminé par l'embaumeur, lorsqu'il lavait la carcasse asséchée de la momie. Si elle en contenait encore, c'était soit parce que l'embaumeur n'avait pas effectué de lavage de l'intérieur du corps, soit parce qu'il était resté des graisses dans les tissus après le bandelettage. Situations anormales.

Xavier avait aussi fait procéder à des recherches de traces d'insectes dans les tissus, comme en pratique la médecine légale pour dater les décès. L'analyse des tissus de l'abdomen révéla la présence de pupes de diptères calliphora. Ces sortes de mouches ont la caractéristique d'envahir les cadavres dans les vingt-quatre heures après la mort pour y pondre leurs œufs. Les pupes prélevées dans les tissus de la momie étaient encore pleines de leurs larves, ce qui signifiait que les diptères calliphora avaient eu le temps d'envahir la dépouille, d'y pondre leurs œufs, mais que ceux-ci n'avaient pas eu le temps d'éclore. Or, la période de déshydratation des corps, lors de la momification, était de trente à quarante jours, les larves de diptères calliphora avaient donc d'ordinaire largement le temps d'éclore et de devenir adultes. Normalement, ce sont des pupes vides que l'on retrouve dans les tissus internes des momies, ou englués dans les restes de baume. Ici, les pupes contenaient encore leurs larves.

Par ailleurs, Xavier avait demandé au laboratoire de détecter la présence de dermestes nécrophages. Ces petits coléoptères sont attirés par la peau et les restes de muscles desséchés. Leur apparition était pour l'embaumeur égyptien signe que l'état de déshydratation était atteint et qu'il était temps de retirer le natron et de procéder au lavage du corps. Or, il n'y avait nulle trace de dermestes.

Après toutes ces constatations, une double conclusion s'imposait : le corps de l'enfant avait été éviscéré dans les vingt-quatre heures après sa mort, puisqu'il y avait des pupes de diptères calliphora dans l'abdomen mais la dépouille n'avait pas été exposée au soleil pour l'assécher, puisque les larves de diptères calliphora se trouvaient encore dans leurs pupes et qu'il n'y avait nulle trace de dermestes nécrophages.

Les échantillons de peau révélaient aussi que le corps avait été totalement immergé dans le natron. Les tissus en étaient imbibés sur toutes les parties du corps. C'était d'ailleurs ce qui avait empêché les diptères calliphora d'éclore.

On avait donc affaire à un embaumement particulièrement hâtif, non respectueux des rituels. Tout semblait démontrer que l'embaumeur avait été le complice de l'assassin, comme s'il avait eu pour mission de pratiquer un embaumement clandestin et rapide, destiné à permettre de cacher le corps.

Il était possible de reconstituer les choses de la façon suivante : quelqu'un avait tué l'enfant, puis l'embaumeur avait pratiqué son éviscération dans les heures qui avaient suivi la mort. Il avait ensuite immergé le corps dans un bain de natron pendant un nombre insuffisant de jours. Peut-être parce qu'il craignait d'être découvert ou sur ordre de l'assassin (comment savoir ?). Il avait dû sortir le corps de son bain de natron, puis, après l'avoir essuyé, l'avait bourré de sacs de natron pour absorber l'humidité encore contenue dans les tissus. Cela avait fonctionné pour le tronc et la tête mais pas pour les bras et les jambes. Il l'avait bandeletté dans la foulée. Lui ou un complice s'était alors rendu dans la nécropole d'Homentaab, avait descellé le sarcophage de Ker-Am-Stat et procédé à l'échange des momies

Le corps de l'enfant assassiné n'avait donc jamais été restitué à ses parents et ceux-ci n'avaient sûrement jamais appris les circonstances de sa mort. Quant au coupable du crime, personne ne l'avait démasqué puisqu'il avait fallu attendre 4000 ans pour retrouver le cadavre.

Xavier effectua des prélèvements de tissus aux fins d'expertises génétiques.

*

*   *

Dans la salle des profs du collège, je me suis installé confortablement pendant la récréation pour travailler sur la table centrale. Cette semaine, mes sixièmes sont partis avec leur prof d'anglais pour un voyage "d'étude" d'une semaine à Londres. J'ai donc une heure à tuer et du travail en retard.

Je suis pourtant absorbé dans ma lecture mais les grands gestes d'un collègue d'histoire qui bavarde avec un autre prof attirent involontairement mon attention.

Juste derrière les mains de l'historien, c'est-à-dire au-dessus des casiers des enseignants, je remarque un carton à dessin. Une de ces chemises caractéristiques, grand format, avec des boucles et des sangles en toile, posée à plat sur les casiers alignés.

La révélation ! Si c'était un carton à dessin de Le Moal ? La chemise se trouve juste au-dessus de son casier. Ça m'arrive à moi aussi de déposer des choses en haut de mon casier, et parfois même d'en oublier...

Mais la salle des profs est pleine à craquer. Impossible de m'emparer de la chemise pour l'instant. J'attends en me morfondant que la sonnerie de fin de récré rappelle tout le monde au travail en craignant que le collègue d'histoire planté devant le casier de Le Moal finisse par voir le carton à dessin.

Plus je réfléchis et plus je suis convaincu qu'il appartient à feu mon collègue et que personne n'a encore remarqué sa présence, sinon il ne serait plus là. Aussi incroyable que cela paraisse, il est resté là-haut depuis la mort de Le Moal.

Ça y est, la sonnerie se fait entendre, déclenchant le brouhaha des élèves dans les couloirs.

Mes collègues vont pouvoir retourner au travail... enfin devraient. C'est pas le départ de la finale du cent mètres. Pas trop pressés d'aller en cours, mes collègues ! Tout le monde attend joyeusement la deuxième sonnerie pour se mettre en branle, celle qui en principe doit retentir alors que nous entrons dans les classes ! Ils abusent un tantinet, les profs...

La salle se vide quand même petit à petit et lorsque

la seconde sonnerie retentit, autrement dit, quand tout le monde est bel et bien en retard, il ne reste que trois ou quatre collègues dans la salle, dont l'historien. Il est dix heures dix-sept quand enfin il s'arrache de la salle. Celui-là, qu'il ne vienne pas nous dire que les élèves ne respectent pas les horaires !

Je commence donc à y croire quand une femme de service entre en scène, avec son chariot à balais et un sac poubelle ! Il ne manquait plus qu'elle ! Madame Propre commence à vider, à son petit rythme, les poubelles de la pièce dans son grand sac. Ça en devient hitchcockien, je suis là, planté sur mon siège à trois mètres de ce qui est probablement un indice de premier ordre pendant que défilent, un à un, des protagonistes susceptibles de me le subtiliser.

Au bout de dix minutes, la femme de service disparaît dans la salle de reprographie, ni une ni deux, je bondis de mon siège. En me mettant sur la pointe des pieds, je me saisis du carton à dessin et je file vers le fond de la salle des profs. Direction les gogues. Je pousse la porte, je m'enferme et, après avoir baissé la lunette, je m'assois sur le chiotte, mon trophée entre les mains.

J'inspecte la chemise en question. Elle ne comporte aucune inscription ni mention particulière. Un carton à dessin comme il en existe des milliers. Je desserre lentement les lanières en toile qui le maintiennent fermé et je l'ouvre. Et là, le choc, Messieurs dames ! La certitude immédiate qu'il s'agit d'une œuvre de Le Moal ! C'est signé si j'ose dire. Je me trouve en possession d'une copie de *L'Origine du monde* de Gustave Courbet ! Typique le genre d'illustration à reluquer dans les toilettes ! Ce n'est pas le moment de tomber dans les pommes ; si on me trouvait ici avec ça, c'en serait fini de ma réputation ! Sacré Le Moal ! La bombe à retardement qu'il nous a laissée là ! À se demander s'il ne voulait pas qu'on la trouve dans la salle des profs et qu'on déballe le paquet cadeau en pleine récréation !

Pour les ignares en peinture, *L'Origine du monde* représente le corps d'une femme nue, la tête hors cadre, allongée sur un lit, les cuisses grandes ouvertes, au premier plan de la toile. Chez Courbet, "l'Origine du monde" est brune. Chez Le Moal, c'est une blonde, une vraie blonde incontestablement. C'est la touche personnelle de Le Moal ce changement de couleur de "cheveux". De toute évidence, cette toile n'était pas destinée à remplacer l'original dans son musée. D'abord parce que l'original est au musée d'Orsay, excusez du peu, et deuxièmement parce qu'avec la décoloration qu'a infligée Le Moal à l'actrice principale, pas besoin d'être un expert pour saisir la différence.

Quand même je me demande ce que ce tableau foutait dans la salle des profs. Le Moal n'aurait tout de même pas osé montrer ça à ses sixièmes comme exemple de "détournement de tableau célèbre" ! *La Joconde* avec des moustaches, je veux bien mais *L'Origine du monde* avec une chagatte blonde, faut pas déconner !

Et s'il s'agissait d'une œuvre à clef ? (tiens à clefs justement, comme celles qu'on est venu rechercher ou redéposer chez Le Moal), je veux dire et si ce tableau était destiné à une femme, blonde. L'hommage du maître à une maîtresse…

Alors que rien ne le laisse vraiment supposer, j'ai l'impression d'avoir affaire à un authentique indice, bien mystérieux pour l'instant. Intuition de limier.

Putain d'indice en vérité ! Je suis dans mon bureau, porte fermée, la loupe à la main en train d'inspecter le chef-d'œuvre de Le Moal en le comparant à une reproduction dans un livre d'art sur Courbet. J'ai plus l'air d'un érotomane que d'un expert en peinture naturaliste, voire naturiste en l'occurrence !

Penché sur la toile comme ça, je me fais même l'effet d'être un gynécologue ! J'imagine Hercule Poirot avec un indice de cet acabit.

Ça aurait de la gueule ! Il réunirait tous les suspects dans une suite du Savoy à la fin de son enquête.

« Messieurs dames, l'assassin est parmi nous ! Il s'agit d'ailleurs d'une meurtrière ! Et la meurtrière est une blonde ! Je suis terriblement désolé mais le seul indice dont je dispose est un poil pubien ! Mesdames, au nom de la loi, baissez vos culottes. Je ne veux voir qu'une seule chatte ! »

Ça aurait du style. En fait, je crois que Poirot, tout perfectionniste qu'il est, préférerait laisser s'échapper l'assassin plutôt que d'en arriver là. *Too britiche,* le belge. De toute façon je ne vois pas Agatha mettre son héros dans une situation aussi scabreuse. L'avantage de la littérature sur la réalité.

À part cela, je suis impressionné par la façon dont Le Moal a épousé le coup de pinceau de Courbet. Hormis la pilosité de la dame, tout est reproduit avec une extrême précision. Les proportions, les teintes, le modelé de la peau, la mollesse de la chair et surtout l'étalement des couleurs sombres. Comme si le pinceau de Le Moal avait commencé et achevé ses tracés exactement aux mêmes endroits que celui de Courbet.

S'il l'avait voulu, Le Moal aurait pu réaliser une parfaite copie de *L'Origine du monde*. Au lieu de cela il a préféré personnaliser sa toile… Pourquoi ? Ou plutôt pour qui ?

IX

Avril.

« Le dépit des apparences - Chapitre X.

Les résultats des tests génétiques pratiqués sur les six momies conservées au musée du Caire étaient en possession de Xavier depuis deux jours.

Les analyses confirmaient la filiation entre les six corps. Les similitudes génétiques étaient sans ambiguïté : les six personnages momifiés appartenaient bien à la même famille. Les hiéroglyphes disaient donc vrai. On avait enterré là les dépouilles de sept descendants d'Homentaab qui avaient hérité de la distinction honorifique.

Restaient à connaître les résultats de l'analyse des tissus de la troisième momie.

Le laboratoire de Versailles auquel Xavier avait confié les analyses s'avérait plus lent que celui du Caire. Ils étaient débordés, lui avait-on rétorqué, notamment à cause des demandes de tests génétiques pour la justice, lesquelles étaient évidemment prioritaires.

C'était donc sans grand espoir que Xavier se rendait à l'accueil du service d'égyptologie du musée du Louvre ce matin-là pour demander, comme il en avait pris l'habitude depuis quelques jours, s'il y avait du courrier pour lui. L'agent d'accueil lui remit la liasse d'enveloppes de son service parmi laquelle se trouvait, cette fois, une lettre émanant du Laboratoire d'analyses génétiques de Versailles. Le reste des enveloppes sous le bras, Xavier commença à décacheter la lettre tout en retournant vers son laboratoire. Il déplia le pli et le lut.

Tout absorbé qu'il était, il ne répondit pas aux bonjours que des collègues lui adressèrent lorsqu'il les croisa. Xavier parcourait les séquences ADN afin de vérifier, de mémoire, si elles présentaient des similitudes avec celles des autres momies. L'esprit empli d'agglomérats de molécules d'acide désoxyribonucléique, il s'arrêta en chemin, perplexe. Il lui semblait que quelque chose ne collait pas, ou plutôt que cela collait trop bien. Il monta quatre à quatre les marches qui menaient à son bureau, s'empara des analyses génétiques des autres momies et compara.

Xavier constata l'impossible : les codes génétiques de la troisième et de la septième momie étaient absolument identiques.

Comment une vieille femme âgée de cinquante ans et une enfant de douze ans, ayant vécu à plus d'un siècle d'écart, pouvaient posséder le même ADN ? »

— Est-ce que tu peux sortir de là ? On mange ! Troisième édition, Monsieur l'écrivain !

— J'arriiive.

Ça fait déjà un moment que Béa hurle à travers la porte du bureau. Seulement, je ne pouvais pas m'arrêter comme ça, les lecteurs m'en seront témoins, pas à ce stade du récit.

En sortant du bureau, je trouve Béa quasi en tenue de soirée avec ses bottines aux pieds.

— Je t'ai dit que je voulais qu'on mange tôt. Je vais à la réunion du collectif ce soir à vingt heures.

— Encore !

— Comme tous les quinze jours. Il n'y a rien de changé.

— Oh... il n'y a pas si longtemps c'était une fois par mois ! Au fait, vous êtes combien à chaque réunion ?

— Une petite dizaine... Ça dépend des fois... Ce ne sont pas toujours les mêmes qui viennent.

— À part toi et Jean-Louis ! Tous les deux vous êtes assidus, vous n'en ratez pas une de réunion. "Une petite dizaine", ce genre de groupuscule ça peut rapidement se finir en tête-à-tête.

— On va là-bas pour débattre !

— Pour débattre de quoi ? Vous êtes tous d'accord !

— Et toi, tu n'es pas d'accord ? Tu trouves normal qu'on implante un incinérateur d'ordures à 300 mètres d'habitations ? Tu trouves qu'on ferait mieux de se taire, de laisser les choses se faire ?

— Je n'ai pas dit ça ! Je trouve juste que tu pourrais passer un peu la main… La dernière fois, t'es revenue à une heure et demie du matin !

— Tu m'assommes ! Si c'est pour me dire ça, tu peux retourner dans ton bureau, me dit-elle en s'éloignant vers la cuisine.

— Mais non… dis-je en la suivant, j'ai confiance en toi… T'es la mère de nos enfants… Je te sais droite, honnête… Mais le grand Jean-Louis là, je l'ai vu à l'œuvre, tu penses débats, lui il comprend ébats.

À la maison, l'ambiance est un peu lourde depuis quelque temps. Entre mon roman et l'enquête sur la mort de Le Moal, je ne vois plus vraiment le jour. Béatrice trouve que je fais la gueule. Je lui dis que non, que c'est mon roman qui me préoccupe. Ce qui n'est pas entièrement faux d'ailleurs. Je veux le terminer le plus vite possible. Avant mon arrestation.

*

*   *

Au lycée, l'effervescence gagne. La cause de tout ceci : une note de service sur *les projets croisés*. Tous les collègues n'ont plus que ces mots-là à la bouche. C'est le grand projet du ministère pour la rentrée prochaine au lycée. L'innovation pédagogique qui va tout révolutionner, tout résoudre. Le principe : associer deux ou trois matières différentes pour proposer un projet original aux élèves. Genre histoire et mathématiques : la biographie des grands mathématiciens. Le proviseur veut qu'on gamberge sur le sujet entre collègues « de façon informelle », dixit la note de service qu'on a tous eue dans nos casiers, afin d'être en mesure de lui faire des propositions dès la fin du mois d'avril.

Au début, je ne me sentais pas très concerné par le truc. L'année prochaine, madame Trucmuche aura fini de pouponner et elle retrouvera ses petits élèves du lycée maritime adorés, moi je serai dans un autre établissement scolaire, voire pénitentiaire… Alors les projets… Je ne voyais pas l'intérêt de m'investir plus que cela. J'ai assez à faire en ce moment.

Seulement hier, pendant la récréation, Marine Auregan est venue s'asseoir à côté de moi dans la salle des profs. Il n'y avait que cette place de libre parmi les fauteuils disposés en cercle. *The right man at the right place* ! J'adore.

Après quelques banalités, la conversation en est venue à évoquer les inévitables projets croisés, quand Marine a déclaré tout de go qu'elle avait une idée et qu'elle cherchait un collègue de lettres.

— Ah oui, me suis-je aussitôt lancé, ben ça m'intéresse… Je n'en ai pas moi de projet… Tu penses à quoi ?

L'avantage dans l'enseignement c'est que tout le monde se tutoie, ça fait déjà franchir quelques pas.

— Je voudrais confronter science et récit mythologique. Après tout, les mythes et la science ont le même objectif : ils cherchent tous les deux à expliquer le monde tel qu'il est.

— C'est plutôt un prof de lettres classiques dont tu aurais besoin alors, Marine, se permet d'intervenir un collègue, profil saboteur, briseur de grève, Judas professionnel.

— Mais pas du tout ! Il ne faut pas enfermer les gens comme ça dans leur discipline, ça peut aussi intéresser un prof de lettres modernes. Il est vachement original ton projet, Marine, science et mythologie, discours concurrents pour expliquer la Nature, c'est sûrement très intéressant de confronter les deux. Et puis pour ce qui est d'imaginer des histoires, pardon…

Je n'ai pas mis mes talents littéraires en avant, mais par humilité uniquement. N'empêche, obligé de me justifier comme ça, j'avais l'impression de passer un oral. Mais finalement j'ai été reçu. Marine a bien voulu qu'on travaille ensemble. On a rendez-vous jeudi prochain tous les deux à 17 heures dans son labo après les cours, pour penser au truc. Cinq à sept pédagogique.

*

*   *

Le jeudi 20, je ne mets pas longtemps à arriver au lycée. Quand je frappe à la porte entrouverte de la salle de Marine, il est 16 heures quarante. Je pénètre dans le labo. Marine est en train de débarrasser sur un plateau les paillasses encore encombrées d'ustensiles. Elle m'accueille de sa voix ensorcelante :

— C'est toi, Achille ? Entre. Je finis de ranger quelques tubes à essais et je suis à toi.

Si seulement !

Marine ça lui va bien à Marine, avec ses cheveux blonds et ses yeux bleus. Pendant qu'elle range ses éprouvettes dans le petit débarras situé au fond de sa salle de classe, j'enlève ma veste que j'abandonne sur le dossier d'une des chaises et je pose ma sacoche. J'ai raflé tout ce que ma bibliothèque contenait de mythologique.

Depuis le petit réduit où elle dispose en rang d'oignons ses tubes à essais, et autres embouts de becs benzène, Marine m'invite à la rejoindre et à mettre plutôt mes affaires sur le plan de travail en bois situé contre le mur.

— On sera plus à l'aise ici pour discuter que sur les paillasses en émail, m'invite-t-elle en fermant la porte.

A peine ai-je disposé mes affaires que Marine m'a rejoint. Elle s'assoit à mes côtés, pose un simple bloc-notes sur la tablette et commence à m'exposer son projet.

— La science moderne, m'explique-t-elle, a pris la place des mythes anciens, elle les a remplacés par des discours plus performants, plus précis, mais qui nécessitent néanmoins adhésion et croyance, comme les mythes. Nous acceptons tous les conclusions de la science concernant la nature des étoiles, par exemple. Or, seule une infime partie d'entre nous, en l'occurrence les astrophysiciens, sait de quoi les étoiles sont faites. Le commun des mortels en est donc réduit à croire. Les discours mythologiques et les discours scientifiques sont donc, on le voit, concurrents et équivalents. Seules, des considérations culturelles nous font pencher en faveur de l'un plutôt que de l'autre…

Je bois littéralement ses paroles, à Marine. Elle me fascine complètement avec sa thèse sur les savants-sorciers. Elle est là en train de m'expliquer que prix Nobel de physique et aruspice vaudou c'est du kif et moi je flotte dans le bleu de ses yeux, j'aperçois le rivage de ses boucles blondes et je me laisse bercer par le son de sa voix. Si je m'attendais à une conférence épistémologique aussi vitaminée en venant là ! Les causeries scientifiques du jeudi soir par Marine Auregan c'est quasi le Collège de France, sur fond bleu.

Dans la deuxième partie de son exposé, Marine m'explique que la science n'est pas aussi rationnelle qu'on le pense, que beaucoup de scientifiques travaillent à l'intuition et à l'imagination, se fiant même à leurs rêves parfois. Elle me cite Einstein lui-même qui déclarait que « l'imagination est plus importante que le savoir. »

— Ah oui… osé-je l'interrompre, j'ai même lu quelque part qu'Albert Einstein avait eu l'intuition d'E=MC2 bien avant d'être en mesure de le démontrer.

— Cela ne m'étonne pas, la science est une création.

— La science et la littérature ont donc une frontière commune…

— Elles se confondent même parfois…

— J'ai toujours été partisan du rapprochement entre les lettres et les sciences…

— Poètes et savants ont intérêt à travailler main dans la main…

— C'est vrai que les poètes sont quelquefois précis comme des mathématiciens…

— Et les savants sont parfois de doux rêveurs…

Pendant que nous échangeons nos propos philosophiques, je sens le visage de Marine se rapprocher du mien, à tel point que je finis par ne plus voir grand-chose, je n'arrive plus à faire le point. Le bleu de ses yeux est désormais tout flou. Je suis noyé dans l'azur. Il me semble même perdre pied… À moins que ce ne soit Marine qui incline la tête…

— Il faut travailler à l'union de la Science et des Arts, me dit-elle. Passionnément…

Cette fois, je coule… Non… Je sens un rivage

auquel me raccrocher… ferme et légèrement humide… Marine… Elle m'embrasse…

Après un temps, alors que nos bouches sont arrimées, je sens qu'elle se lève de son siège et qu'elle vient s'asseoir sur mes genoux, à califourchon.

Sans interrompre le baiser, je passe alors mes mains sous sa blouse, sur ses jambes prises dans un blue jean. Je remonte ensuite le long de son dos, puis doucement mes mains viennent caresser ses seins. Marine me fait sentir, en accentuant son étreinte, qu'elle n'y est pas insensible. De l'intérieur, je décroche alors sa blouse dont les pressions cèdent en rafale. Par un léger mouvement d'épaules, laissant ses bras ballants, Marine la fait tomber sur le sol. Mes mains apparaissent alors au grand jour, insolemment posées sur sa poitrine. Si le dirlo se pointe dans la carrée, on aura du mal à le convaincre qu'il s'agit de concertation pédagogique. On sera bon pour se taper deux heures de colle. Mais pour ce qui est d'être collés, finalement Marine et moi on n'a besoin de personne…

— Viens… me dit elle.

Et en me prenant par la main, elle m'entraîne dans le cagibi où elle entreposait tout à l'heure ses instruments et referme la porte derrière nous.

On est partis pour faire ça au milieu des flacons d'acide et des fioles de chlore ! C'est un coup à tout faire péter !

M'étonnerait que les assurances marchent dans

ces cas-là en plus, comme accident du travail ça ne se pose pas vraiment là !

Marine défait elle-même les boutons de son pantalon qu'elle fait glisser le long de ses jambes en se balançant légèrement. À l'aide de ses talons, elle ôte ses chaussures, fait ensuite quelques pas sur place, pour se débarrasser de son jean et elle me ramène contre elle en passant ses bras autour de ma taille.

Je résiste quelques secondes, le temps d'admirer les courbes et les lignes parfaites de son corps puis j'accède à sa demande, ému, sidéré même par la beauté de Marine et étonné qu'une créature aussi sublime puisse exprimer un tel désir à l'égard de mon humble personne. Pendant que nous échangeons un second baiser, c'est à mon tour de me déshabiller.

Ce que nous fîmes ensuite et comment nous le fîmes ne regarde pas la littérature.

*

*   *

— J'en ai trouvé un !

La petite voix d'Anna s'élève par-dessus les troènes. Elle est dans le jardin avec ses sœurs à la recherche d'œufs de Pâques en chocolat, déposés le matin même par les cloches du Vatican, parties en vadrouille au-dessus de L'Europe. Scénario hautement improbable, auquel Louise, et je le crains Anna, croient pourtant dur comme fer.

— Tu as vu Louise ? C'est trop mignon, elle fouille dans la haie, s'émeut Béatrice.

— Oui, justement je me disais que des cloches qui lâchent des œufs en chocolat dans les jardins, c'était quand même à la limite du crédible comme bondieuserie.

— Laisse, ça leur plaît.

Béa s'approche de moi et me prend par la taille, pendant que mes enfants sont en pleine cueillette fantastique. Je repense à Marine, à notre aventure sidérante, à mon incapacité à résister, à ma duplicité… tout en ne regrettant rien.

Avec une femme aussi belle, après tout, ça ne peut pas être un péché. C'est comme un œuf en chocolat qui tombe du ciel, ça ne se refuse pas.

X

Mai.

Les vacances de Pâques tombent comme un cheveu sur la soupe. Elles ont brisé mon élan des parcours croisés avec Marine. N'y tenant plus, au troisième jour des congés, j'ai feint d'avoir oublié un livre au lycée et je suis retourné faire un petit tour du côté du bâtiment des sciences.

Je savais que Marine devait y repasser pour finir deux ou trois trucs. Elle n'était pas dans sa classe ni à l'étage de physique. Mais par la fenêtre du couloir, je l'ai aperçue qui traversait la cour. Elle se dirigeait vers la salle des profs du lycée.

J'ai dévalé les escaliers quatre à quatre et je l'ai trouvée dans le local informatique attenant, face à un ordinateur.

— Salut Marine.

— Tiens, bonjour Achille ! Qu'est-ce que tu fais là ?

— Heu… Je passais et je t'ai vu passer… Alors je me suis dit…

— Je ne sais pas ce que tu t'es dit, mais je sais à quoi tu pensais.

Je m'approche d'elle pendant qu'elle me parle. Lentement, comme un môme, conscient qu'elle doit lire dans mes pensées comme dans un livre ouvert.

— Nous avons fait une folie, très agréable, qui nous a touchés tous les deux, mais cela ne se reproduira pas. Tu as une femme et une famille, trois jolies petites filles. Je ne suis pas une briseuse de ménage, Achille. Restons-en là.

— Tu te rends compte que tu pourrais faire sombrer les résolutions du plus fidèle des maris…

— Peut-être… C'est sûrement pour cela que je ne suis pas mariée… Vous êtes tellement prévisibles.

— Avant de te croiser, je me croyais solide, sûr de moi, monogame. Tu m'as mis à nu…

— Oui, j'ai vu…

— Moralement j'entends.

— Moralement aussi, j'ai vu.

Je m'assois à côté d'elle.

— C'est dur.

— Crois-le si tu veux, ça l'est aussi pour moi, ajoute-t-elle.

— Alors je ne comprends pas.

— Je ne veux pas devenir ta seconde femme ni celle de qui que ce soit. Pendant que tu m'écoutais l'autre fois, j'ai senti que nous avions envie tous les deux de la même chose au même instant, il aurait été stupide de s'en priver. Mais recommencer maintenant n'aurait aucun charme. Je tiens à ce que cela reste unique. À tous les sens du terme.

— On pourrait devenir des amis ?

— C'est une bonne idée.

— À condition que tu acceptes de ne plus fréquenter aucun homme, je crois que je pourrais supporter de m'asseoir à côté de toi, comme ça, simplement pour bavarder. Si tu pouvais prendre quinze ou vingt kilos, ça m'aiderait.

— Restons comme nous sommes, ne regrettons rien, mais soyons adultes au point de ne pas exclure de simplement bien nous entendre.

— C'est extraordinaire comme tout paraît facile avec toi.

— Les choses le sont le plus souvent, c'est nous qui les compliquons.

— Tu crois qu'il faut toujours dire la vérité ?

— Non. Dans ton cas, je ne vois pas l'intérêt de parler de ce qui s'est passé en salle de physique l'autre jour, puisque cela ne se reproduira plus jamais.

— Tu acceptes le mensonge ?

— Quand il ne s'inscrit pas dans la durée, oui.

— Ça me fait du bien de te parler.

— À moi aussi ça fait du bien.

Je reste là un bon moment à regarder Marine qui s'est mise à taper sur les touches du clavier de l'ordinateur.

Juste avant de me lever pour partir, je m'empare de sa main gauche et j'approche mon visage du sien pour embrasser ses lèvres, une dernière fois. Baiser volé.

J'ai toujours été chapardeur. Le goût de sa bouche ressuscite instantanément un flot d'images.

— Tu es une personne parfaite, Marine.

— Je ne suis pas sûre que la beauté soit une qualité.

— Je ne parlais pas de ton physique... Au revoir Marine.

J'aurais pu passer mes journées à poursuivre de dangereux malfaiteurs afin de faire éclater mon innocence, rencontrer clandestinement Marine le soir pour nous livrer à des ébats passionnés et terminer l'écriture de mon roman à la chandelle jusqu'au petit matin... Au lieu de cela, je suis en train de faire chauffer une purée en flocons pour mes filles et moi. Laquelle purée sera accompagnée d'une tranche de jambon par personne, comme l'exige la haute gastronomie.

— Elle est où Maman ?

— À sa réunion hebdomadaire de lutte pour la préservation des détritus !

— Ça veut dire quoi zèbredromadaire ? me demande Anna.

— Ça veut dire qu'il y en a de plus en plus. Nous ne la reverrons que demain matin.

— Et toi, tu ne sors pas ?

— Non, moi je reste avec vous pour vous garder et vous faire une délicieuse purée.

— Et nous raconter des histoires ?

— Et vous raconter des histoires…

J'ai une femme qui milite pour préserver les ordures en voie de disparition. Une croisade qui empiète de plus en plus sur notre vie privée. « Tu comprends, le dossier atteint une phase décisive, nous sommes entrés dans la période d'enquête publique pour la construction de l'incinérateur. Il nous faut être plus actifs que jamais. » Bilan, deuxième réunion en trois semaines !

J'ai voulu apprendre à Béa une ou deux passes de *Jiu Jitsu* au cas où Jean-Louis deviendrait entreprenant, des trucs de base qui me restent de mon passage à Trappes, mais elle n'a pas voulu. « Complètement inutile » soi-disant.

À table, il y a de l'ambiance, mon frichti plaît. J'aurais même pu faire toute la boîte.

— Bravo Papa, t'es le roi de la purée ! me sacre Anna, en plein Œdipe.

— Bon Papa… Purée… tente de déclarer Louise.

— Merci mes filles. Et vous n'avez encore rien vu ! Pour le dessert, je vous ai cuisiné des petits-suisses.

Pendant qu'Emmanuelle regarde une cassette en bas, je lis des histoires à mes deux petites dans ma chambre sur le grand lit. Louise ne tient pas longtemps, son doudou sur le nez, elle s'endort au deuxième album.

Anna est plus coriace, cela dit, je ne peux pas dire exactement quand elle s'est endormie, parce qu'à mon réveil, le matin, j'étais entre mes deux filles, au milieu des livres. À la réflexion, je me demande si je ne me suis pas assoupi avant Anna.

Les filles dorment encore. Où est Béatrice ? Comment se fait-il qu'elle ne les ait pas recouchées ? J'entends du bruit en bas, ce doit être elle qui est debout, je me lève pour la rejoindre. 7 heures 32 au réveille-matin. Je suis déjà, ou encore, tout habillé.

Dans la salle à manger, la table est dressée comme pour les grandes occasions. Nappe rouge. Bols blancs. Serviettes. Corbeilles de pain grillé. Jus de fruits. Théière. Pot à lait…

— Salut Béa… Qu'est-ce qui se passe ? Tu attends du monde ?

— C'est les vacances… Il faut en profiter.

Béatrice est de dos en peignoir en train de faire du pain perdu. Je m'assois sur une des chaises, encore ensommeillé.

— Aaaah… dis donc, qu'est-ce qu'on va se mettre !

— Ça va faire plaisir aux enfants.

— Pourquoi tu ne m'as pas réveillé hier soir ? Je me suis endormi sans m'en rendre compte.

— Oh. Je ne voulais pas vous déranger ni réveiller les filles. J'ai éteint la lumière et je suis allée dormir dans la chambre d'Anna.

— T'es rentrée tard ?

Béatrice se retourne pour prendre un ustensile quelconque sous le bar, face à moi. Lorsqu'elle se baisse, pendant que sa main tâtonne sous le plan de travail, ses yeux s'attardent quelques secondes à la hauteur des miens, pas plus. Surtout pas plus. Elle n'a pas encore attrapé sa spatule que son regard oblique en direction de l'évier, tandis que sa bouche dessine un sourire forcé.

Je me sens vidé d'un seul coup. La nuit dans le lit d'Anna, le réveil matinal, le petit déjeuner façon *Festin de Babette*, le regard qui fuit... Pas besoin d'un dessin. Béatrice m'a trompé la nuit dernière avec l'autre enfoiré de Jean-Louis ! Elle a cédé. Elle a pu laisser un autre homme la toucher. Elle a cédé et je sens dans son attitude tout le poids du mensonge qu'elle doit désormais supporter. Elle a cédé. Elle tente de noyer sa culpabilité dans la préparation d'un petit déjeuner princier pour toute la famille. Ou alors c'est la grande cérémonie avant le départ pour le Larzac !

C'est vrai ça, qu'est-ce que je dois comprendre ? C'est un repas d'adieu ou une demande de grâce ? Merde... Qu'est-ce qui nous arrive ? Oh, Pomponette ! On en est où là ?

Béa me tourne le dos, elle est dans son pain, perdue. Moi je suis perdu dans mes pensées. Je gamberge à toute berzingue. Mon esprit galope comme un cheval emballé. Si ça se trouve, ça fait des mois qu'elle me trompe et son visage décomposé ce matin, c'est parce qu'elle va m'apprendre qu'elle part avec les gosses. Ou sans ! Le grand petit-déjeuner c'est pour se donner du courage. On est au pied du mur, c'est pour ça qu'elle fait la gueule ! Elle doit m'annoncer notre rupture ce matin… Ça fait peut-être des mois que ça dure, des mois qu'elle me ment à la perfection !

D'où je sors qu'elle ploierait sous le poids de la culpabilité après avoir couché avec l'autre con après tout ? Qu'est-ce que je m'imagine, gros naïf que je suis ? L'autre doit la cuisiner depuis des semaines « Quand est-ce que tu vas lui dire ? Je n'en peux plus que tu partes tout de suite après… (Après ? Ordure !) Je veux que tu viennes vivre ici… » Si je le croise à la biocoop cézigue, je lui fous la tronche dans le bac à graines de sésame jusqu'à ce que mort s'ensuive ! Moi qui culpabilisais pour une toute petite infidélité de rien du tout ! Ils me laissent à des kilomètres tous les deux. Je n'en peux plus, j'ai besoin de savoir. Marine a raison, le mensonge ne doit pas s'inscrire dans la durée. Il faut trancher dans le vif.

Je me lève jusqu'à Béatrice. Je la sens qui se fige à mon approche. Je sais qu'elle sait que je sais. Son pain commence même à brûler. Perdue pour perdue…

— Tu vas me quitter pour aller vivre avec lui ? Ou tu le quittes, lui, pour revenir avec moi ?

Béa s'effondre en larmes. J'ai juste le temps de la ramasser pliée en deux, avant qu'elle touche le sol. Elle est infoutue de parler. Ça dure une éternité.

Pendant tout ce temps, je ne sais pas ce qu'elle va me sortir… Si ça se trouve, je suis en train de la soutenir, alors qu'elle est sur le point de me laisser tomber…

— Parle, j'en peux plus !

— Pardon… Pardon… Pardon…

Putain, avec ça je suis bien avancé !

— Qu'est-ce que je dois pardonner, bon Dieu ?

— …

Ça ne veut pas sortir. Béatrice est maintenant à mes pieds, à l'abri derrière ses sanglots. Si les mômes descendent maintenant, elles vont croire que j'ai frappé leur mère. Je la relève tout doucement.

Béatrice enfouit sa tête au creux de mon épaule et on attend. Je laisse passer les pleurs.

Une fois dans mes bras, il ne faut pas trop longtemps pour qu'ils se tarissent. Plus rien désormais ne peut l'empêcher de me parler.

— Je n'ai pas réussi à résister. Après les débats, on passait souvent de longs moments à discuter… C'était très intéressant… Je me disais qu'on était juste des amis… Je ne voulais pas te donner raison… Par fierté… Et puis j'ai craqué… Je n'ai pas su dire non…

— Quand ?

— En avril…

Ça fait plus d'un mois que ça dure ! Nom de Dieu, combien de fois ils ont fait ça depuis un mois ?

— Et puis hier soir… après la réunion, il m'a dit qu'il valait mieux qu'on arrête, qu'on ne se voie plus, que ça n'était pas raisonnable… Je ne sais plus quoi encore. Le salaud, il avait eu ce qu'il voulait ! Je l'ai vu repartir du local avec une autre fille… ! T'avais raisooooon…

D'ordinaire, j'apprécie assez qu'on me dise que j'ai raison, ça flatte mon ego. Là en revanche, je ne m'attendais pas à un tel coup de massue. Béatrice était complètement accro du grand Jean-Louis. C'est même grâce à lui si elle m'est revenue. Si ce mec-là n'avait pas été un infâme suborneur, Béatrice m'abandonnait ! Ni plus ni moins. S'il l'avait voulu, Béa était prête à tout plaquer pour suivre cézigue. Son désarroi n'est dû qu'au fait d'avoir été larguée. Tu parles d'une consolation !

Cette fois c'est moi qui flanche. C'est trop, c'est pire que ce que j'imaginais. Je m'attendais à l'aveu d'une faiblesse, à une pulsion, un truc incontrôlable dans le genre de ce qui m'est arrivé avec Marine. Et j'apprends qu'on est passés à ça d'un second mariage. Qu'ils ont pris tout le temps de se connaître. Ils ont dû faire ça lentement, avec préméditation. L'abandon total. Rien à voir avec un moment d'égarement.

— Je m'en voulais à chaque fois... Mais je ne pouvais pas faire autrement... Tu étais si distant ces derniers temps... Et quand il m'emmenait chez lui... Je pensais à toi comme à un bon ami mais...

Je ne veux pas entendre ça... Je lâche Béatrice et je quitte la cuisine. Il n'y a jamais autant eu à manger chez nous, je n'ai jamais eu si peu faim. Je me vautre sur le canapé du salon tout proche, côté face, la tronche dans les coussins. Besoin d'un airbag.

Je ne sais pas ce qui me retient de foncer chez Marine, « Il y a du nouveau, ma belle, je ne suis plus coupable, même j'ai du retard à rattraper, une bonne dizaine de fois au moins ! »

La certitude que Marine trouverait les mots pour me dire que ça ne change rien, que la quantité n'a rien à voir là-dedans.

Je commence à en avoir marre de toute cette fausseté.

Les vacances ont été longues.

Béa a séché ses larmes quand Anna et Louise sont descendues. Un sourire par là-dessus et plus rien ou presque n'y paraissait.

— Bonjour les filles !

Les yeux étaient bien un peu rouges, les joues aussi. Mais avec un bon Sopalin, on n'y a rapidement plus vu que du feu.

— Oh chouette, du pain perdu ! s'est écriée Anna.

Et la vie a repris son cours. On a joué la comédie de la vie et sauvé les apparences.

J'ai bien pensé le soir des aveux monter me coucher en même temps que Béa Bovary, comme ça, juste pour voir quelle aurait été sa réaction, la gêner par ma présence. Je savais qu'elle n'aurait pas pu m'en empêcher. Mais j'ai préféré aller dormir dans mon antre, au milieu de mes livres.

J'ai passé toutes les nuits des vacances sur le canapé Ikéa du bureau.

Béa a expliqué ça très bien aux enfants.

— Papa travaille tard le soir, mes chéries.

La souffrance, ça forge les âmes de poètes. J'ai pris sur moi en trouvant refuge dans la littérature. Tout à mon roman, j'ai rapidement compris que Béatrice me fuyait, que loin de vouloir nos retrouvailles, elle redoutait plus que tout de se retrouver seule avec moi, une fois les enfants couchés. J'étais bel et bien sur la touche.

Jean-Louis l'avait balancée comme un Kleenex, sans que cela ne me la rende pour autant. Au contraire, après deux semaines de lits séparés, je sentais Béatrice de plus en plus distante.

De toute façon je n'avais pas envie de faire d'efforts non plus. Sans l'enlèvement d'Emmanuelle, les choses auraient pu continuer de se déliter comme ça pendant très longtemps.

« *Le dépit des apparences - Chapitre XII.*

Il était trois heures du matin lorsque Mathias téléphona à Xavier, chez lui. Les découvertes qu'il venait de faire ne pouvaient pas attendre.

— Xavier ? C'est Mathias ! Je ne te dérange pas ?

— T'as vu l'heure ?

— Je veux dire, tu es seul ?

— Hum…

— Je viens de passer la journée à traduire des inscriptions de première importance, il fallait absolument que je t'en fasse part.

— Je t'écoute.

— D'abord, je sais pourquoi le rang honorifique auquel a eu droit la famille d'Homentaab a pris fin, c'est en fait la même raison pour laquelle il avait débuté. Cela tient à la géographie de la région. En fait, la ville de Melgha était arrosée par un bras du Nil. Mais vers 1500 avant JC, celui-ci commença de s'ensabler, ce qui eut pour conséquence de rendre les crues moins fortes et donc de menacer l'existence du site. C'est alors qu'un certain Homentaab proposa un projet d'irrigation et de désensablement qui permit aux crues du Nil de retrouver toute leur vigueur l'année suivante. Par gratitude, les autorités de la ville lui offrirent alors une rente importante et ce titre de "personnage exceptionnel" qui lui permettait de côtoyer les plus hauts dignitaires de la ville. A sa

mort, on lui consacra cette nécropole particulière, dans laquelle je l'ai retrouvé. La reconnaissance dont les habitants de la ville ont fait preuve à l'égard d'Homentaab, reconnaissance mêlée de beaucoup de superstition, s'est ensuite poursuivie et prolongée avec ses descendants. Le premier né ou la première née héritait de ce titre de "personne exceptionnelle", de la rente qui allait avec et du droit d'être embaumé puis inhumé dans la sépulture que tu connais. Il faut bien comprendre que pour un Égyptien, le fait de pouvoir bénéficier d'une momification aussi luxueuse c'était l'assurance de pouvoir accéder à la vie éternelle dans les meilleures conditions. C'était un honneur extraordinaire pour un architecte, a fortiori pour ses descendants. Ainsi, de son vivant comme dans la mort, chaque premier né de la dynastie d'Homentaab fut vu distingué et honoré comme quelqu'un de marque. Seulement vers 1280 avant Jésus-Christ, le bras du Nil s'est définitivement asséché, provoquant en quelques années, l'abandon définitif de la cité que nous redécouvrons aujourd'hui. Voilà pourquoi, il n'y a pas plus de sept momies dans la sépulture. Le dernier sarcophage y a été placé aux alentours de 1300 avant JC, soit vingt ans avant la fin des crues. Les habitants ont ensuite déserté les lieux et plus personne probablement n'eut jamais envie de revenir honorer Homentaab et ses descendants.

— Ça alors !

— Attends, ce n'est pas tout. Je sais pourquoi la septième et la troisième momie possèdent le même code génétique !

— Vas-y, lança Xavier, cette fois tout à fait éveillé.

— Il ne peut y avoir qu'une seule raison ; d'ailleurs, tu la connais aussi bien que moi.

— Des jumelles ?

— Bien sûr ! Les inscriptions révèlent que, pour le septième du nom, un problème se posa car la femme de Sonsenhab, le sixième momifié, accoucha de jumelles Khalia et Kelthi. Il fut décidé que le titre reviendrait à la première née des deux sœurs, Khalia. On éleva donc les deux enfants en prenant particulièrement soin de toujours les distinguer.

— C'est tout ?

— Non. Les chroniques mentionnent qu'à l'âge de 11 ans, la seconde jumelle, Kelthi, disparut. On ne la retrouva jamais.

— Nom de Dieu ! Maintenant je comprends. Ce n'est pas Kelthi qui a disparu, c'est l'autre, l'aînée ! Khalia ! s'exclama Xavier.

— Voici comment les choses ont dû se passer… Kelthi, jalouse de ne pas être l'élue, décide de tuer ou plutôt de faire tuer sa sœur pour prendre sa place. Elle réussit à convaincre un complice de commettre le crime, les richesses dont elle bénéficiera si elle réussit devaient largement cautionner le forfait aux

yeux du meurtrier. Le complice attire donc la fillette promise au titre et l'assassine en lui tranchant la gorge. Pendant ce temps, Kelthi a pris la place de sa sœur, leur parfaite ressemblance joue en sa faveur, elle sait que personne ne se rendra compte de la substitution. Une fois devenue Khalia, elle fait alors courir le bruit que Kelthi a disparu. Lorsqu'on s'inquiète de la disparition de l'enfant c'est donc la seconde jumelle que l'on recherche, Kelthi. Et c'est elle qui restera à jamais la disparue. Après le meurtre, Kelthi l'usurpatrice fait embaumer sa sœur, en secret, elle souhaite tout de même que Khalia puisse accéder à « la vie après la mort ». Mais l'embaumeur fait mal son travail. Peut-être a-t-il peur que l'on retrouve le cadavre chez lui ? Il bâcle la momification, se contentant d'éviscérer le corps et de le remplir de sachets de natron avant de la bandeletter. De façon à être sûre qu'on ne retrouve jamais le corps de Khalia, Kelthi la fait inhumer là où on ne la cherchera pas, dans le troisième sarcophage de la nécropole familiale, à la place de Ker-Am-Stat. Peut-être aussi souhaitait-elle que le corps de sa sœur se trouve dans ce lieu dédié à sa famille ? Une façon d'apaiser ses remords ? Ensuite, elle n'eut plus qu'à feindre d'être sa propre sœur. À la mort de son père, Kelthi, que tout le monde a pris pour Khalia, hérite de la charge honorifique, son forfait a réussi. Lorsqu'elle mourra à son tour, vers 1300, elle sera momifiée dans le septième sarcophage de la sépulture, celui qui porte en fait le nom de sa sœur, celle dont elle usurpa l'identité sa vie entière.

— Tu crois que l'envie de posséder le titre aurait pu pousser une enfant à commanditer le crime de sa sœur jumelle ?

— Qui sait si les attentions accordées à l'aînée n'ont pas empreint les relations des deux sœurs de jalousie ? Qui sait si la benjamine n'a pas toujours été diminuée, ignorée, dépréciée ? On a peut-être fait en sorte que ces deux sœurs deviennent les pires ennemies… Tout se tient. Khalia n'aurait eu aucun intérêt à tuer ou faire disparaître sa sœur Kelthi. En revanche, la mort de Khalia ne pouvait profiter qu'à Kelthi, or comme l'une des deux a été assassinée…

— Bon, bon d'accord, tu as un cadavre, et maintenant un mobile et même un suspect mais pour accuser Kelthi, il te faudrait une preuve !

— Les codes génétiques identiques prouvent que la septième momie et la troisième sont bien jumelles…

— Oui, oui, je sais… mais je veux dire il te faudrait tout de même une preuve, quelque chose qui démontre que Kelthi a participé au crime, qu'elle savait où le corps de sa sœur était caché. »

L'école avait repris depuis une semaine.

L'histoire Le Moal m'était devenue complètement

indifférente. Plus la tête à ça. Mais comme il devait être écrit quelque part qu'il fallait que j'aille jusqu'au bout de cette histoire, le destin est venu me chercher. Si tu ne vas pas à ton enquête, ton enquête viendra à toi.

J'étais en train de faire une conférence mémorable sur l'accord du participe passé à mes sixièmes quand l'un d'eux, plus attentif à ce qui se passait au dehors qu'au dedans, s'est écrié :

— Eh ! Y a les pompiers dans la cour !

Toute la classe s'est levée comme un seul homme pour se coller le nez aux fenêtres.

— C'est au lycée !

Une ambulance des pompiers était effectivement garée dans la cour, gyrophare tournant. Le halo bleu éclairait la façade du bâtiment. De nombreux élèves commençaient de se presser autour du véhicule, tandis que les surveillants essayaient de les faire reculer.

J'ai obligé mes élèves à se rasseoir et on a continué à s'accorder en genre et en nombre.

Dix minutes plus tard, des voitures de gendarmerie sont arrivées. Tandis qu'un certain nombre d'entre eux entraient dans les bâtiments, d'autres ont commencé à faire reculer les élèves avec plus de réussite que les surveillants. Mon cœur a commencé de se serrer.

Les pompiers au collège, ça arrive. Les gendarmes

aussi, plus rarement. Les deux ensemble, en nombre et avec les gyrophares, j'avais jamais vu.

Quand la sonnerie a retenti, je suis sorti de ma salle avant mes élèves. Du jamais vu non plus.

Ni une ni deux, je me suis dirigé vers la vie scolaire du collège. Ils devaient forcément être au courant.

Dans le bureau, le CPE était au téléphone avec Dieu sait qui. Les surveillants, eux, tenaient un conciliabule. Au moment où je suis entré, le CPE a demandé aux surveillants d'empêcher les élèves du collège d'aller vers le lycée pendant la récréation.

Les trois pions sont alors partis en direction de la sortie, c'est-à-dire vers moi. J'en ai chopé un au passage.

— Qu'est-ce qui se passe ?

— C'est une prof du lycée qui a été retrouvée morte dans sa classe…

— Qui ?

— Madame Auregan, une prof de physique…

Le pion se rapproche de mon oreille en baissant le volume.

— D'après la femme de service qui l'a retrouvée, il y avait une seringue et un sachet d'héro à côté d'elle.

*

*   *

L'enterrement de Marine Auregan est dénué de tout cérémonial. Il a lieu à Lesconil. C'est là que se trouve la concession familiale de la famille Auregan. Il tombe un de ces infects crachins qui donnent la sensation d'un vent liquide.

Cinq personnes, seulement, composent l'assistance. Il y a le père de Marine, le poète. J'ai peine à reconnaître le visage imprimé au dos de mon exemplaire d'*Inscriptions Maritimes.* Achevé déprimé, l'écrivain. Un vieil homme voûté, les yeux rougis, d'anciens cheveux longs et blonds devenus gris que le vent agite en tous sens. Il ne reste plus grand-chose de la superbe du rhapsode du port de pêche. A ses côtés, une femme à peu près du même âge. Selon toutes les apparences, ce doit être sa sœur, la tante de Marine. À leur côté, une vieille femme avec un air de famille elle aussi, grand-mère ou grand-tante, accompagnée d'un type à l'air idiot. Et puis moi.

Cette fois, Lens n'est pas venu faire son cirque, le proviseur du lycée encore moins. Juste une gerbe de l'amicale du lycée, pas de délégation représentative de l'ensemble des personnels profondément peinés par la disparition prématurée… bla… bla… bla.

Une jeune prof droguée qui meurt d'une overdose, ça n'attire pas la foule ni la compassion. Elle a eu ce qu'elle méritait, c'est plutôt ça la tendance au village. Il faut dire que la mort de Marine a provoqué un véritable scandale Rue des Écoles.

Beaucoup ne lui pardonnent pas de s'être adonnée à son vice dans l'enceinte du lycée. Qu'elle soit morte à vingt-six ans au faîte d'une beauté que toutes les femmes auraient pu lui envier et que tous les hommes auraient rêvé de salir, laisse tout le monde indifférent. La seule chose qu'on retient c'est qu'elle se shootait à l'héroïne, qu'elle n'aurait pas dû – une enseignante ! – et qu'elle faisait ça dans son labo.

Je suis stupéfait de constater l'absence d'amis et même de famille à son enterrement. Sa mort révèle une immense solitude. Si j'avais fait ce qu'il fallait, j'aurais pu compter dans la vie de Marine. Il y avait toute la place.

Au lieu de cela, je me suis fié aux apparences : sa beauté a agi comme un rempart. Je me suis laissé éconduire sans insister.

Marine se consacrait toute à son héroïne. Histoire sans héros, donc. Je suis trop triste pour m'en vouloir.

Sur le parvis de l'église, les employés des pompes funèbres chargent le cercueil dans le corbillard. Verni, celui-ci laisse l'eau ruisseler et tomber sur le sol en lourdes larmes. Le chagrin se dérobe.

Le père de Marine s'approche de moi. Il a l'accent des hommes d'ici.

— Vous êtes qui, vous ?

— Achille Le Noac'h. J'étais un collègue de Marine, un ami aussi, je crois.

— Des amis, elle n'en avait pas beaucoup. Je pensais même qu'elle n'en avait pas. Marine vivait seule. Elle était toujours seule. Seule avec sa drogue... Je savais qu'elle se droguait. J'avais trouvé son attirail une fois chez moi quand elle était venue pour les vacances. Je n'ai jamais réussi à la convaincre d'arrêter. Je l'ai laissée faire, je n'ai pas voulu me fâcher avec elle. Je n'avais plus qu'elle depuis le décès de sa pauvre mère. Elle disait que c'est pas pire que l'alcool. Elle disait aussi que quelqu'un qu'elle connaissait lui en fournissait de bonne qualité. Qu'elle savait ce qu'elle faisait... Vous comprenez, avec ce que je buvais, moi, je ne me voyais pas lui faire la leçon... J'aurais dû. C'était une petite fille si joyeuse autrefois, j'arrive pas à croire ce qui est arrivé... Elle avait à peine vingt-trois ans quand ils l'ont envoyée là-bas, en banlieue parisienne. Elle m'a dit un jour que le quartier où elle travaillait, la police n'y mettait même plus les pieds. Et elle, tous les matins, elle devait y aller pour donner ses leçons. C'est là-bas qu'elle a commencé à se droguer, j'en suis sûr. Pensez-donc, une jeune fille, belle comme elle était, dans des quartiers comme ça. Elle y est restée quatre ans ! Et il paraît que c'est pas beaucoup encore, d'autres restent plus. C'est ça qui l'a tuée, ma fille. Elle n'était pas prête à ça. On va aller au cimetière là, vous n'êtes pas obligé de venir. C'est trop triste. Rentrez chez vous maintenant. Et merci d'être venu. Merci pour elle.

Auregan me serre la main et rejoint les autres membres de la famille. Je regarde le camion des pompes funèbres quitter l'esplanade de l'église. Avec tous mes regrets…

Cette discussion avec le père de Marine me laisse un goût âcre dans la bouche. Une conviction aussi. Tout ceci ne peut être le fruit du hasard. Définitivement non.

Le soir même, je suis rentré dans le bâtiment du lycée avec mon passe. Et cette fois, ce ne sont pas les scellés qui se trouvaient sur les portes qui m'ont arrêté. J'ai ouvert la salle de Marine avec les clefs de Le Bars. Il a l'habitude de les laisser dans son casier – je commence à connaître les petites habitudes.

Tous les volets roulants de la classe de Marine sont fermés. J'allume le néon du tableau. La salle de classe apparaît telle que Marine l'a laissée avant son dernier fix.

Des ustensiles traînent encore sur les paillasses. Au tableau, les leçons à revoir pour la semaine prochaine… Ici et là, des scotchs de couleur marquent le sol. Probablement des traces laissées par les gendarmes qui n'ont pas terminé leur enquête. Tout ceci devrait bientôt disparaître. Marine est morte depuis quatre jours.

Le proviseur du lycée disait hier que la classe de physique devrait être nettoyée d'ici vendredi. Il ne me reste donc pas beaucoup de temps.

Je m'approche lentement du cagibi attenant à la salle de classe, celui-là même où nous fîmes l'amour. Celui-là même où elle est morte. Je pousse la porte. J'allume la lumière. Un tracé de ruban adhésif blanc marque l'endroit où on a retrouvé son corps. Je m'y attendais, mais l'émotion est tout de même la plus forte. Je ne peux m'empêcher de pleurer.

Je reprends mon sang-froid, je n'ai pas l'intention de passer la soirée ici.

Entre mes empreintes chez Le Moal, toutes celles (y compris génétiques) que j'ai dû laisser dans ce labo et ma présence à Val Thorens, si j'étais pris en flagrant délit ici, ce serait comme si je déroulais le tapis rouge jusqu'au portail de la prison.

Jusqu'aux adages qui seraient contre moi.

Tout le monde parle d'overdose, j'y croyais aussi. Jusqu'à l'enterrement. Le papa de Marine m'a fait changer d'avis. Marine se droguait "proprement" avec de l'héroïne de bonne qualité, disait-elle. On peut le croire, elle en avait les moyens. Je ne me souviens pas avoir remarqué la moindre trace de piqûre sur son corps d'ailleurs, elle devait se piquer dans la plante des pieds ou derrière le genou, enfin bref, j'imagine mal Marine se tromper dans les doses ou vouloir mettre fin à ses jours ici de cette façon, sans explication, entre deux cours, alors qu'elle venait de donner des devoirs à ses élèves pour la semaine suivante. La gendarmerie n'a toujours pas donné la cause exacte de la mort. Si ça avait été une overdose, ils l'auraient déjà annoncé. L'enquête serait close. Ils doivent chercher autre chose. Comme d'habitude, les gens parlent sans savoir. C'est clair pour moi depuis que j'ai rencontré le papa de Marine : le salopard qui lui vendait sa dope a dû la couper avec je ne sais quelle merde et elle en est morte. Si elle avait l'habitude d'en acheter de la très bonne, ça a dû être tentant pour son dealer de la couper, ni vu ni connu. Tous les revendeurs de drogue font cela, alors a fortiori quand on sait qu'on a affaire à de la très bonne came. Sauf qu'il est allé trop loin, consciemment ou non. Si j'ajoute à cela l'article que j'ai lu dans le journal ce matin et qui évoquait la mort de deux héroïnomanes à Brest, suite à l'ingestion de drogue de très mauvaise qualité, j'obtiens la piste sur laquelle doivent être les flics à savoir celle d'un dealer malveillant, accro aux bénéfices.

La femme de ménage que j'ai interrogée m'a dit qu'elle avait retrouvé l'attirail de Marine : la seringue, le briquet, le garrot… sur la paillasse. Là où Marine venait de s'en servir pour son fix. Et elle est morte à quelques mètres. L'effet a donc dû être foudroyant.

Néanmoins, le tracé de son corps sur le sol indique qu'elle est morte en rampant vers le fond de la pièce et non vers la sortie ou vers le téléphone qui lui aurait permis d'appeler le standard. Qu'est-ce qui a pu la pousser à aller vers le fond du cagibi, là où il n'y a aucune issue ? Il devait y avoir quelque chose dans ce cagibi qu'elle voulait atteindre avant de mourir. Quelque chose qui lui est apparu, à l'article de la mort, plus important que sa vie même et pour lequel elle a donné toute son énergie. Quelque chose qui se trouvait là… Et qui s'y trouve peut-être encore, si les flics sont passés à côté.

Je m'assois et j'inspecte la pièce : des étagères remplies de fioles, de pipettes, de loupes, de produits divers.

Tout au fond, des fichiers, des cartons de papiers, des livres, parmi eux mes livres d'ailleurs, ceux que j'avais laissés à Marine pour notre projet croisé. Si les cognes ont relevé les empreintes dessus, je suis mal. Apparemment pas, puisqu'il n'y a aucune trace de poudre magnétique.

Je continue d'observer la scène du crime et, au bout d'un moment, je relève un truc qui a dû échapper à tout le monde, tellement c'est infime. J'avise une règle en bois jaune, une de ces règles qu'on trouve dans les écoles quasiment depuis Jules Ferry. Elle est sur un rayonnage au bout de la pièce, de biais sur la troisième étagère.

Or, sur l'autre étagère, celle qui se trouvait à portée de main de Marine face à la porte d'entrée, repose le reste de la famille : l'équerre et le rapporteur, en bois jaune eux aussi.

Et si c'était Marine qui s'était saisie de la règle et l'avait jetée sur l'étagère du fond, sentant qu'elle n'arriverait pas à aller jusque-là ? Parce que c'est bien dans cette direction qu'elle allait, le tracé de son corps en témoigne.

Mais pourquoi ? Pourquoi tous ses efforts pour jeter cette règle au fond du cagibi ? Pourquoi tourner le dos à la sortie ? Pourquoi ne pas avoir remballé son matos en sentant les premiers effets du poison ?

Marine pouvait peut-être encore espérer s'en sortir. Il fallait donc qu'il y ait quelque chose de très important sur cette étagère pour que Marine, à bout de souffle, tente de s'en approcher au lieu de chercher du secours…

Je m'approche de la règle. J'observe les objets qu'elle a bousculés en arrivant sur l'étagère. J'ai visé juste. Plusieurs boîtes toutes poussiéreuses sont là chavirées. Or la règle, elle, est exempte de poussière. Preuve qu'elle est arrivée là depuis peu, en tout cas, après toutes ces boîtes. Je me baisse pour regarder de plus près. Ce sont des boîtes de lentilles. Des lentilles de microscopes.

Je ne comprends pas sur le coup. Il me faut une dizaine de secondes.

Lentilles, *lens* en anglais.

*

*   *

Dans la salle des profs, j'essaye de repérer les vieux collègues du bahut, ceux qui étaient là avant l'arrivée de Lens, voire depuis la fondation du collège et qui pourraient me renseigner.

C'est pas ça qui manque les vieux de la vieille à y regarder de près d'ailleurs. Poivre et sel, c'est très tendance dans la salle des profs. Je finis par me rapprocher de ma collègue de lettres jolie-et-très-sympa-ce-qui-ne-gâche-rien.

— Ça va ?

— Ouais et toi ?

— Ouais, un peu crevé…

Alors qu'une grande conversation philosophique s'annonce, ma collègue change de sujet de but en blanc :

— Au fait, on a un remplaçant en arts plastiques : il est arrivé avant les vacances, un étudiant contractuel apparemment. Je l'ai appris tout à l'heure.

— Ah ? m'étonné-je. Il était temps… Tu ne penses pas que Lens aurait pu nous tenir au courant au sujet de Le Moal, nous dire qu'il était dépressif ? On aurait peut-être pu l'aider…

— Tu sais tout le monde le savait qu'il était un peu… spécial. Ce n'est pas la faute de Lens. Je crois qu'il a fait ce qu'il a pu pour essayer de l'aider… Il ne dirige ce collège que depuis trois ans. Non, moi je trouve que certains collègues exagèrent. Ils jouent les vierges éplorées aujourd'hui, alors qu'ils sont ici depuis des années, qu'ils connaissaient la situation de Le Moal depuis longtemps et qu'ils n'ont jamais rien fait pour l'aider.

— Tu penses à qui ?

Elle marque un temps. Le temps nécessaire avant de balancer quelqu'un, savoir si c'est bien ou mal. Finalement la confidence tombe.

— Louis Le Bourhis par exemple, depuis le décès de Le Moal, il n'arrête pas de dire du mal de Lens… comme si c'était de sa faute. Alors que du vivant de Le Moal, lui-même passait son temps à lui casser du sucre sur le dos. D'ailleurs, il passe son temps à dire du mal de tout le monde. C'est un véritable concierge… Certains collègues ne lui adressent même plus la parole… Il est prof d'anglais. Avant ils le surnommaient "LV", Langue Vivante, maintenant ils le surnomment "Langue de Vipère".

Elle finit sa confession en murmurant, comme il convient quand on dit du mal de quelqu'un entre gens de bonne compagnie. Sur ce, la sonnerie nous invite à retourner au travail. En ce qui me concerne, deux heures avec les 6e C.

En attendant je tiens mon homme. "Langue de Vipère". Un ancien avec une réputation de concierge. C'est tout à fait ce qu'il me faut.

J'essaierai de me le bloquer après la cantine, il y a toujours une heure à tuer. J'espère qu'il sera là, et bien disposé.

*

*   *

Langue de Vipère est en train de manger au réfectoire avec deux ou trois collègues de sa génération, la baby boom, ceux qu'auront eu le droit à tout, la paix, le plein emploi, la sécurité sociale, la retraite à 60 ans. Ça jacasse sévère entre anciens. Je suis à trois tables de là, tout seul derrière un steak-haricots verts qui ne donne pas envie d'y revenir à la cantine. En planque derrière le pot de moutarde.

J'attends que Langue de Vipère se lève pour retourner dans la salle des profs, jusqu'à la fin de la pause déjeuner. Là, je pourrais peut-être l'approcher, seul. Ce qui ne devrait pas tarder, ces messieurs en sont au dessert.

12 heures 37, les vieux de la vieille se lèvent. Cahin-caha, ils se dirigent tout droit vers le tapis roulant qui achemine les plateaux jusqu'à la plonge. Je leur file le train et j'essaie de marcher naturellement derrière eux. À l'allure où ils se déplacent, ce n'est pas facile. Ils doivent avoir l'habitude de marcher avec des patins à la maison, ce n'est pas possible. Même en ralentissant, je ne suis pas sûr de ne pas les doubler. Ils vont à peine plus vite que le tapis roulant.

Une fois sorti du réfectoire, je n'ai pas le choix, la discrétion m'oblige à les dépasser et à aller attendre dans la salle des profs.

Quelques longues minutes plus tard, la porte s'ouvre sur Le Bourhis. Il n'est plus accompagné que d'un seul collègue. Je ne sais pas ce qu'ils ont fait de leur compagnon, peut-être ont-ils été obligés de l'abandonner en route, à bout de forces, toujours est-il qu'il n'est plus avec eux. Tant mieux. Les deux lascars discutent un moment devant leurs casiers, puis semblent se séparer.

— Allez, salut Fanch !

— Salut Louis, je monte dans ma salle.

Le Bourhis se dirige alors seul vers les fauteuils, un exemplaire du *Télégramme* sous le bras.

Son collègue doit enseigner les sciences au dernier étage.

S'il veut y être en même temps que ses élèves, il doit monter dès maintenant.

Le Bourhis à peine installé, je m'approche des fauteuils et je m'assois juste en face de lui en baillant bruyamment.

— Vivement la fin de l'année, hein ? me hèle-t-il. On ne se connaît pas. Tu es nouveau dans l'établissement ?

— Oui, j'effectue un remplacement. Madame Gentil qui est partie en congé maternité.

— Oh ! Alors tu seras là jusqu'à la fin de l'année, elle ne reviendra pas.

— Oui, c'est ce que m'a laissé entendre l'administration. D'ailleurs elle a déjà rallongé.

— C'est son troisième congé maternité. À chaque fois, ils ont débuté en septembre. Tu comprends, c'est plus pratique. Ensuite, il n'y a plus qu'à trouver un médecin compatissant et ça dure jusqu'aux vacances d'été. Hop, la boucle est bouclée !

— Elle est depuis longtemps au collège ?

— Ça va faire quatre ans, mais on ne l'a pas vue beaucoup. Tous les ans elle fait un gosse ! Mais alors, dis moi, tu enseignes au Lycée aussi ?

— Oui.

— Tu trouves ça comment ?

C'est le moment d'appâter.

— Je m'y plais bien. Comme au collège d'ailleurs.

— Oh… Tu sais, ça n'est plus ce que c'était… Autrefois c'était chouette. Du temps de Le Berre ça tournait comme il faut mais maintenant… Je ne sais pas ce que tu penses de Lens… mais le collège marche moins bien.

— Oh, Lens, je ne le connais pas beaucoup, je ne l'ai vu que lors de ma prise de fonction, depuis je n'ai fait que le croiser. Tu trouves qu'il n'est pas à la hauteur ?

Je ferre.

— Il ne sait pas y faire, les équipes ne tournent plus comme autrefois. Quand le poste de Le Jannou a été supprimé, un prof d'anglais, tu crois qu'il se serait bougé pour obtenir son maintien ? Non bien sûr. Un an plus tard, les effectifs ont remonté et il a recréé un nouveau poste. Seulement Le Jannou, lui, il était parti, nommé à Quimper ! Non, Lens n'est qu'un arriviste qui ne pense qu'à sa carrière. Avant d'arriver ici, Monsieur était à l'étranger.

— En voyage ?

— Non *il a travaillé* à l'étranger, dans des lycées français, comme adjoint puis principal.

— Ah ? Ça doit être intéressant ?

— Financièrement surtout. Tu sais combien ça gagne un principal expatrié ? Deux ou trois fois le salaire, sans compter les primes. Voilà pourquoi il est parti, il ne faut pas chercher plus loin. En plus, en tant que directeur il était logé, alors tu vois un peu le pactole qu'il a ramassé.

— Et il est allé dans quels pays ?

— Oh, la Polynésie, l'Argentine, la Russie…

— La Russie ? Tu es sûr qu'il est allé en Russie ?

— Oui, à l'époque d'Eltsine… Après il est aussi allé en Italie. T'as déjà vu sa femme ?

— Non.

— Ljuna, de son petit nom, est une des acquisitions qu'il a faites là-bas ! Une brune à peau mate, bien balancée, le type italien quoi. Au début, on la voyait souvent. Mais rapidement Madame n'a plus voulu se contenter d'un vulgaire appartement de fonction. Alors Lens a acheté une villa à Sainte-Marine, je te laisse imaginer le prix. Enfin, il a les moyens. C'est là-bas qu'elle habite la plupart du temps. Lens, lui, y va quand il n'est pas d'astreinte. Une semaine sur deux à peu près. C'est le grand standing. Il faut fournir, Madame est dépensière. Elle est habituée à mener la belle vie…

— Oui sûrement…

— Mais tiens voilà du monde, changeons de musique. Ce que je t'ai dit là naturellement… Je peux me fier à ta discrétion. Tu verras quand tu seras dans l'enseignement depuis aussi longtemps que moi… Faut laisser venir… Faire sa place…

Deux collègues ont fait leur apparition dans la salle des profs et viennent s'asseoir à côté de nous, tarissant immédiatement le flux verbal de Le Bourhis qui s'est replongé dans son journal comme si nous ne nous connaissions plus.

Rarement réputation fut moins usurpée que celle de Langue de Vipère. Le genre de gazier qui en 42 aurait eu droit à la franchise postale pour la Kommandantur.

*

* *

— Voilà comment je vois les choses. Lens revient en France, après de nombreuses années à l'étranger. Il obtient un poste ici au collège Ker Mor. Il s'y installe avec sa femme qu'il a épousée en Italie. Seulement voilà, de retour en France, finies les primes d'expatriation. Il se retrouve avec son salaire de principal de collège et un logement de fonction modeste dans un bâtiment des années soixante-dix, alors qu'il a été habitué à mener la grande vie, à loger dans des appartements sublimes… Peut-être que sa femme n'arrive pas à restreindre son train de vie ? Toujours est-il qu'au bout de quelque temps, Lens réalise, peut-être après avoir acheté la maison de Sainte-Marine, que ses économies fondent comme neige au soleil, que le grand standing est bel et bien fini. Là-dessus, il se rend compte du talent de Le Moal…

— Comment ? m'interrompt Emmanuelle.

Manu et moi sommes dans ma salle de classe, je la mets au courant des derniers développements de l'enquête.

Hormis l'épisode Marine.

— Ça je ne sais pas. Mais ce n'est pas difficile d'imaginer comment cela a pu se produire. À l'occasion d'un projet avec des élèves ou en visitant la salle d'arts plastiques, ou tout simplement en discutant avec lui. En tant que chef d'établissement, les occasions ont pu être nombreuses. Bref, Lens est stupéfait des talents de copiste de Le Moal. Et l'idée d'exploiter ce talent pour augmenter ses finances germe dans son esprit. A-t-il d'abord l'idée d'escroquer des acheteurs de tableaux avec des faux ou directement cette idée de remplacer des toiles de musées par des copies ? Je ne sais pas. Toujours est-il que Lens propose à Le Moal de réaliser des faux pour gagner de l'argent.

— Et Le Moal accepte !

— Oui, ça ne semble pas tellement coller avec son personnage, mais bon, il accepte. Peut-être plus pour l'amour de l'art que pour l'argent, mais il accepte. Le projet d'exposer une de ses toiles en lieu et place d'un tableau célèbre doit le séduire…

— Et comment profitent-ils de l'exposition itinérante sur l'avant-garde russe ?

— Là-dessus, j'ai ma petite idée : Lens a passé trois ans en Russie. Je me le suis fait confirmer par une autre collègue du collège. À Saint-Petersbourg. Là-bas, il a très bien pu rencontrer un de ceux qui participent aujourd'hui à l'organisation de cette exposition et qui s'avère être une personne sans scrupule… Après avoir rencontré Le Moal, Lens a pu contacter cette personne et lui proposer son projet de trafic.

— Ça se tient ! Ensuite, j'imagine le truc, continue Emmanuelle, Le Moal décide de raccrocher…

— Ou il veut plus de fric !

— Pourquoi pas ? Bref, il menace de tout révéler, il était tellement bizarre. Lens décide alors de le supprimer pour sauver ce qu'il a réussi à gagner.

— Qui sait si Lens n'a pas déjà trempé dans d'autres trafics ou magouilles quelconques lors de ses différents séjours à l'étranger ?

— Peut-être que le jeune conservateur retrouvé mort à Léchiagat était sur le point de les démasquer ? Je n'ai jamais cru à son suicide.

— Peut-être…

— Tu vas prévenir la police ?

— Non, pas tout de suite. J'attends d'avoir une preuve définitive. Tu comprends, sinon les flics ne me croiraient pas, ils m'accuseraient peut-être même à sa place.

Je ne parle pas à ma fille de la mort de Marine, je tiens à ce qu'elle en reste à cette histoire de faux tableaux, un trafic qui, selon moi, doit s'ajouter à celui de la drogue.

Le soir, quand je rentre à la maison, je trouve un mot dans la cuisine. Un post-it bleu. C'est comme ça qu'on communique maintenant avec Béa. Elle me fait savoir ce qu'elle a à me dire d'important sur des post-it bleus, généralement posés sur le frigo et moi je lui réponds en lui collant des post-it jaunes sur la porte de la cuisine. Là, il est écrit qu'Anna et Louise sont chez la nourrice et que c'est à moi d'aller les chercher. Où est Béa ? C'est ce que le post-it bleu ne dit pas.

Ma femme est devenue très indépendante.

Il était dix-huit heures quand le téléphone a sonné. C'était Manon. Il était convenu qu'Emmanuelle passe la nuit chez les Le Borgne. J'aurais dû me douter que ça n'irait pas tout seul.

— Monsieur Le Noac'h ? C'est Manon Le Borgne.

— Oui, qu'est-ce qu'il y a ?

— Heu... C'est à propos d'Emmanuelle, elle n'est toujours pas là...

— Elle n'est pas rentrée avec toi du collège ?

— Non...

— Comment ça ?

— Bah... Pendant le cours d'anglais, un surveillant est venu la chercher « Vous êtes convoquée chez monsieur le principal ! » Et depuis, je ne l'ai plus revue.

— C'était à quelle heure le cours d'anglais ?

— De quinze heures trente à seize heures trente. Comme elle ne venait pas, je me suis dit qu'elle était peut-être revenue chez vous...

S'il arrive quelque chose à Emmanuelle – et il arrive quelque chose à Emmanuelle – Béatrice ne me le pardonnera jamais.

— Allô ? Monsieur Le Noac'h, c'est monsieur Le Borgne à l'appareil ; oui, quand ma fille m'a dit...

Je n'écoute déjà plus.

Pendant le trajet, j'essaie de penser efficacement. Manu chez Lens ! Prise dans la gueule du loup. Pourvu qu'il ne soit pas trop tard ! Il ne me faut pas trois minutes pour être sur le parking du collège. Il n'est pas encorc six heures et demie. Les agents d'entretien sont un peu partout. J'ai une idée. J'entre dans le couloir du bâtiment des salles de classe et je me dirige vers le bureau du CPE.

Une femme de service est en train de passer le balai quelques salles plus loin. J'aperçois son chariot dans le couloir. Je la surprends par ma précipitation.

— Excusez moi, j'ai oublié de prendre un dossier très important dans le bureau de la vie scolaire. Vous pourriez m'ouvrir la porte, ça m'éviterait de déranger monsieur Calvez.

— Euh…

— Ne vous inquiétez pas, je prends tout sur moi et vous pouvez entrer avec moi dans le bureau, je suis monsieur Le Noac'h, j'enseigne le français ici.

— Oui je vous reconnais.

Comme je m'y attendais, une fois la porte ouverte, elle ne m'accompagne pas à l'intérieur. Ça vaut mieux.

— Je refermerai quand vous aurez terminé.

— Merci, dis-je en m'engouffrant.

La clef placée sur le bureau des surveillants, pour ouvrir le tiroir du CPE, dans lequel se trouve la clef de l'armoire métallique située contre le mur. Dans la boîte à chaussures bleue, le revolver à grenaille confisqué à un élève de troisième quelques semaines plus tôt.

Heureusement que Calvez et Lens n'ont pas voulu ébruiter l'affaire. « La réputation du collège, voyons ». Le revolver confisqué n'a pas quitté sa place.

Heureusement aussi que le père dudit môme n'a pas compris pourquoi on s'offusquait que son fils possédât un tel joujou. Heureusement finalement qu'on vit une époque d'américanisation galopante.

Un petit coup d'œil en direction de la porte entrouverte. Personne. Je fourre le flingue dans mon froc, par-dessous ma chemise. Je quitte le bureau.

— Au revoir, merci.

Je fonce ensuite vers l'appartement des Lens. Mon dernier réflexe d'homme civilisé de la soirée : je sonne afin qu'on m'ouvre.

J'entends du bruit à l'intérieur, mais visiblement on ne vient pas vers la porte. J'attends encore cinq secondes et je la défonce d'un coup d'épaule. Une porte alvéolée à la con sans verrou, elle cède tout de suite.

Une fois dans l'appartement, j'enfile le couloir qui débouche sur le salon. Lens est là, debout, figé sur place. Une odeur âcre, épicée enveloppe l'espace. Le parfum de Belphégor !

— Qu'est-ce que vous foutez là, Le Noac'h ? Ça ne va pas !

— Je sais tout Lens, on ne joue plus. Où est ma fille ?

— Qu'est-ce que vous racontez ? Votre fille, Le Noac'h ? C'est l'heure de retenue que je lui ai filée qui vous met dans cet état-là ? Mais faudrait voir à la surveiller votre progéniture !

Lens qui me fait la leçon, c'est trop. Je sors le flingue de mon froc et je le pointe dans sa direction.

— Ouah ! Vous déployez les grands moyens, Le Noac'h, c'est le grand jeu pour venger l'honneur de la famille ! Vous déconnez plein tube, ma parole. Tout ça pour une heure de colle !

Je ne supporte plus de l'entendre, je m'approche de lui, je l'attrape par le col et je lui fourre le pétard sur la joue.

— Qu'as-tu fait de ma fille ? Tu veux la tuer, elle aussi, comme Marine ! Pourquoi ?

Je le balance sur son canapé.

— Vous êtes dingue, Le Noac'h ? Votre fille a pris une heure de colle parce qu'elle fouinait dans les affaires du remplaçant de Le Moal. Je ne sais pas ce qu'elle a fait après notre entrevue, si elle n'est pas rentrée chez vous ensuite, c'est sûrement qu'elle a eu peur des conséquences de ses actes… Faut dire que si vous brandissez votre revolver… comme ça… pour un oui, pour un non…

— Arrête tes conneries, Lens, je sais tout. Les vols de tableaux, l'assassinat de Le Moal, la mort de Marine, celle de Guirriec, de Le Naour, tout !

Je charge la barque, convaincu que, dans le tas, il est bien responsable de quelque chose, n'importe quoi, mais quelque chose. Tout peut-être ?

Vu la tronche qu'il tire, je me demande si je n'ai pas tapé dans le mille.

— Jusqu'à l'odeur qui flotte ici qui vous accuse ! Je sais tout, je vous dis ! Surpris que j'en sache autant, hein ? Fumier ! C'est un revolver à grenaille, je sais, mais si je te colle les six dans le bide, ça pourrait quand même affecter ton transit !

— Le Noac'h, je ne comprends rien à ce que vous dites…

— Je vais t'expliquer…

Je m'empare d'un coussin du canapé que je pose contre le revolver et j'applique le tout contre la tronche de Lens. Sûr que ça va faire baisser ma note administrative.

— Je vous en supplie, monsieur Le Noac'h, arrêtez vos conneries, vous allez finir par provoquer un accident.

C'est à ce moment que j'avise la photo de mariage des Lens posée sur un buffet en teck juste en face de moi. Le cliché me fait penser à celui qu'il y a dans mon bureau.

Elle est chouette notre photo de mariage à Béa et à moi. Béa me tient par la main, on se regarde et on se marre. Elle avait été prise entre deux poses ; celle qu'on avait choisie finalement.

L'évidence me saute aux yeux.

— *L'Origine du Monde* !

— Hum ?

— Une blonde à la place d'une brune ! Nom de Dieu ! C'est votre femme là, Lens ?

— Oui.

— Elle est blonde ?

— À l'époque oui, elle était blonde, on s'est mariés à Saint-Petersbourg en 92. Là-bas, les femmes sont plutôt blondes. Elle s'est teinte en brune pendant qu'on était en Italie.

— Elle n'est pas italienne ?

— Non, russe. Je l'ai connue quand j'étais en poste là-bas. Ça n'a pas été rose tous les jours, elle m'en a fait voir de toutes les couleurs… Les vraies garces sont russes, vous saviez ça ?

Pendant qu'il déblatère sur les femmes – si j'ai besoin de ça en ce moment ? – j'essaie de réfléchir…

— *Le parfum de la dame en noir*, c'est le sien ?

— Le Noac'h, vous me faites peur.

— C'est elle qui a appâté Le Moal pour lui faire faire des fausses copies ?

C'est à ce moment-là que je renifle une odeur de clebs puant. Ce con vient de se pisser dessus. J'en viens à douter de moi. Un chef de trafiquants, ça ne se pisse pas dessus comme ça, à la moindre bousculade. Et si je m'étais gouré ? Et si ma fille était ailleurs ? Dans les griffes d'une ordure dont je ne soupçonne même pas l'existence. Si la piste Lens s'écroule, je n'ai plus rien moi… Plus que mes yeux pour pleurer.

Je laisse tomber le coussin et je ramène le flingue le long de ma jambe. Lens, lui, reprend son souffle.

Il me regarde comme une bête apeurée. Je ne sais plus du tout quoi faire…

La sonnerie du téléphone met fin à notre lamentable tête-à-tête. Aussitôt, je l'attrape par le col et je l'approche du secrétaire sur lequel le téléphone est posé. Je regarde le cadran : il n'indique pas de numéro, juste une inscription : « Sainte-Marine ».

— Décroche ! Si tu tentes le moindre appel à l'aide, le moindre code, le moindre truc pour donner l'alerte, je tire. Laisse la personne parler la première…

Au moment où il s'empare du téléphone, juste quand il va pour mettre le combiné à son oreille, je lui colle le bout du canon de mon revolver dans l'autre oreille.

— Allô ?

J'enclenche immédiatement le haut-parleur.

— Allô ? Leni ?

Je vrille mon flingue dans son oreille.

— Oui…

— Bon… Ici tout est OK… J'espère que t'as fini les valises et que t'arrives vite. J'ai fait virer l'argent du compte en banque du magasin et Andreï est arrivé avec les valises de la transaction… Il a réussi à refourguer le faux Cézanne que m'avait fait Le Moal pour mon anniversaire… Tu te rends compte ? 100 000 euros !

Je ne perds pas une miette de la conversation. Lens

non plus. Je le vois qui blêmit au fur et à mesure que l'autre lui énumère les bénéfices de la journée. J'enfonce encore un peu plus mon pétard dans son orifice auditif, qu'il réalise bien que s'il lâche un mot de trop, il va comprendre le sens de l'expression « ça entre par une oreille, ça ressort par l'autre ». Il peut se repisser dessus autant qu'il veut cette fois, je n'en ai plus rien à foutre.

— J'ai vérifié sur Internet le compte luxembourgeois. Les virements ont été effectués. Comme tu le vois, tout est prêt pour notre départ, Leni. Ah oui et au fait, je ne t'ai pas dit, la cerise sur le gâteau… La petite, Andreï a contacté un gars qui est intéressé par elle. Il ne sera là que demain matin, mais comme Andreï a drogué la gosse, on pourra la laisser derrière nous, le type la prendra demain. Ça nous fera un petit supplément. En plus, si tu veux, tu pourras "t'amuser" un peu avec elle avant qu'on parte. Vu ce que le type compte en faire ensuite… Ça te rappellera le Brésil, Leni.

Lens est figé sur place, ses yeux sont plantés dans les miens depuis une demi-minute, son visage exprime une dureté inimaginable. Les masques sont tombés, mais c'est maintenant que la figure du monstre apparaît. Je lui indique de lire sur mes lèvres ce qu'il doit répondre : « J'arrive ».

Ce qu'il lâche juste avant que j'appuie sur le téléphone pour couper la communication.

— J'ai un marché à vous proposer, Le Noac'h…

Le coup est parti tout seul.

Lens s'écroule au pied du canapé. Du sang s'écoule de son oreille et de ses narines.

Aussitôt je fouille dans le tiroir du secrétaire parmi les papiers et je trouve ce que je cherchais : une facture EDF. Monsieur et madame Lens, 26, rue du Phare, 29120 Sainte-Marine. Je sais où c'est ! Une rue dont les maisons du côté pair donnent directement sur l'Odet.

Je m'empare d'un téléphone portable qui traînait dans le tiroir et je me dirige vers la porte.

Avant de repartir, je contemple un instant le cadavre de Lens. Une petite mare de sang s'est écoulée sur le plancher, sa tête repose dedans, comme une bouteille de liqueur fêlée.

Je n'éprouve absolument rien. Pas le temps.

En sortant du salon, je repasse par le couloir d'entrée et juste quand je m'apprête à sortir, je percute que je viens de passer devant un porte-clefs. Je retourne aussitôt en arrière et je me plante devant. Il est là ! Le trousseau qui manquait chez Le Moal après la visite surprise de Belphégor. Je le reconnais maintenant. Dans le tas de clefs de Le Moal, j'étais incapable de dire quel trousseau avait disparu, si même un trousseau avait disparu, mais là, c'est clair. Je le remets sans doute possible : une clef noire avec un W. Un porte-clefs Wolkswagen ! La voiture de Ljuna Lens !

Je sors de l'appartement à toute allure, je descends les marches de l'immeuble, je traverse le parking puis la cour du collège, au bout de laquelle je retrouve ma bagnole.

Il me faut à peine dix minutes pour arriver à Sainte-Marine ! J'aurais aimé croiser les flics en route, on aurait gagné du temps. Vu la vitesse à laquelle j'ai conduit, je n'ai pas osé les appeler sur le trajet, ç'aurait été suicidaire.

Une maison des années 30 face à Bénodet. C'est ça le 26, rue du Phare.

Je décide de contourner le jardin et d'entrer par le côté. Ce faisant, j'appelle les flics avec le téléphone de Lens. « Vous avez demandé la police, ne quittez pas… » Ils me prennent le chou avec des questions aussi pléthoriques que tatillonnes. Nom, adresse, âge d'Emmanuelle… « Avez-vous déjà déposé plainte ? » « A-t-elle déjà fugué ? » Excédé, je leur balance que ma fille a été enlevée, que je sais où elle est séquestrée, que je suis armé, que je viens de flinguer son ravisseur et que j'ai l'intention d'aller la délivrer. Je donne l'adresse et je raccroche !

Une fois derrière la maison, je pose mon blouson sur le grillage de la clôture et je prends appui dessus pour l'enjamber. Adieu le blouson.

Entre la haie de cyprès et le treillage, j'avance difficilement, finalement je décide de forcer le passage entre deux cyprès.

Leurs feuillages entremêlés ne faisant plus qu'un, je manque d'y laisser mon visage.

Dans le jardin, je cours jusqu'à un bosquet et là, j'inspecte les lieux. Une seule entrée : la porte du garage qui se trouve en sous-sol. Elle est entrouverte. Je fonce.

À l'intérieur, la New-Beetle noire, celle des clefs au W. Personne d'autre. J'entends des pas et des voix étouffées à l'étage. J'espérais que la Lenseva serait seule, c'est foutu. J'entends les voix d'au moins deux personnes.

J'appelle ma fille tout doucement :

— Emmanuelle ? Emmanuelle ?

Je tends l'oreille dans le silence du garage au cas où Emmanuelle, détenue au sous-sol, m'aurait entendu l'appeler. Silence de mort.

Je dois monter. Soudain un doute, une pensée macabre. J'ouvre le coffre de la cox, je regarde à l'intérieur au cas où Emmanuelle s'y trouverait. Dieu soit loué, il est vide.

Je monte précautionneusement les marches en béton du sous-sol jusqu'à un palier dont l'unique porte ouvre sur le rez-de-chaussée. Ça parle russe derrière. J'entends la voix d'une femme, celle d'un homme et, en bruit de fond, la télévision, en russe aussi.

D'après les bruits, la femme doit faire des allées et venues, tandis que l'homme, lui, à l'air de parler sans bouger de place. Le volume de sa voix monte et descend. Il doit être sur un fauteuil, peut-être devant la télé, et parler tantôt devant lui, tantôt dans la direction de la femme. Elle, se déplace partout.

Après un assez long moment, la voix de la femme s'éloigne puis disparaît. C'est alors que j'entends le bruit de ses pas au-dessus de ma tête. Elle emprunte l'escalier qui mène à l'étage et qui se trouve juste au-dessus de celui où je suis. Le silence s'installe. Il faut que j'entre. Maintenant. Je table sur le fait que, dans son fauteuil, le gus sera de dos quand j'entrerai. De toute façon, s'il est de face, je sors mon flingue. Et si ce con a une sale gueule, je tire. Plusieurs coups, avec la grenaille, on ne sait jamais. J'ai l'intention d'entrer et de monter à l'étage suivre la femme.

Sur la façade arrière, j'ai repéré qu'une fenêtre avait les volets fermés. C'était la seule. C'est peut-être là qu'Emmanuelle est retenue prisonnière. Pour éviter de faire du bruit, j'enlève mes pompes.

Coup de pouce du destin, c'est à ce moment que Molotov monte le son de sa télé d'où émanent des mugissements sexuels. Il parle par là-dessus en russe et se marre. En haut, la femme lui répond en riant aussi. J'imagine le niveau intellectuel de la conversation. J'en profite aussitôt pour tourner la poignée, j'entends la porte grincer mais le bruit doit être couvert par celui de la télé et la grosse voix du gus. Je passe le chef dans l'embrasure de la lourde, elle donne sur un petit couloir ouvert sur le salon.

Mon gaillard est là où je l'imaginais, assis sur un canapé, de dos, devant la téloche. En revanche, il n'est pas tel que je l'imaginais, ses épaules dépassent du dossier du canapé et il en occupe quasiment toute la largeur à lui tout seul.

Dans le living flotte l'odeur de sueur et le parfum corsé de Ljuna Lens. Elle est de ces femmes dont les exhalaisons corporelles ne peuvent être masquées par aucun parfum.

Je m'apprête à passer dans son dos pour atteindre l'escalier quand je réalise que, s'il me voit ou s'il monte après moi là-haut, j'ai peu de chances d'en venir à bout. Surtout avec de la grenaille. Les grains risquent de ricocher sur sa peau. Contre les crocodiles, il faut des cartouches spéciales.

Du coup, j'avise un guéridon en bois avec une plante grasse dessus, dans le petit couloir, juste au pied de l'escalier. Recroquevillé, courbé, à pas de loup, je passe derrière Raspoutine. J'attrape la plante, avec le napperon, afin d'éviter tout bruit en la posant sur le sol. Le ruskov ne risque pas de m'entendre de toute façon, il continue à se marrer sur fond de halètements. Je me redresse, je soulève le guéridon, du massif sans aucun doute, et je m'approche du colosse de Rostov.

Dans le poste, trois ou quatre personnes sont dans une position invraisemblable en train de s'activer autour des divers orifices que leur a conférés Mère

Nature. Au moment où je brandis le guéridon en l'air, le regard de Sergueï et le mien se croisent dans une glace, située sur le mur à gauche du salon. Trop tard. Il n'a même pas commencé à se retourner qu'il se ramasse le guéridon en pleine poire dans un bruit de bois qui craque.

Il s'affaisse aussitôt sur le sofa, inanimé. Le bruit de bois qui craque, ça ne devait pas être le guéridon parce qu'il est absolument intact entre mes mains. Pas le temps de m'apitoyer.

Je repose le meuble quasiment à sa place et je monte les marches. Si mes comptes sont bons, elle doit être seule là-haut. Je sors mon revolver et une fois tout en haut, je passe la tête dans le couloir de l'étage. J'aperçois Ljuna la brune dans une chambre, de dos, en sous-vêtements, en train de mettre des habits dans une valise.

Selon mes calculs, la pièce aux volets clos se situe juste avant la chambre où se trouve Ljuna la blonde. J'emprunte le couloir sans la quitter du regard, elle est toujours de dos.

Je m'approche tout doucement de la porte de la chambre qui doit receler Emmanuelle. Elle est fermée, mais la clef est dessus. Il me faut la tourner pour vérifier si Manu est à l'intérieur, au risque de faire du bruit.

Je tourne donc la clef dans la serrure. Pendant ce temps, j'ai toujours les yeux rivés devant moi sur madame Lens, la femme de mon supérieur hiérarchique que je viens de flinguer.

Quelle histoire, putain !

Tandis que je sens le pêne céder doucement, Ljuna, les mains dans le dos, dégrafe son soutien-gorge puis enlève son slip. Elle s'asperge ensuite à l'aide d'un vaporisateur, de longs jets de *Magie Noire* de Lancôme.

À ce moment-là, je la quitte des yeux, non par pudeur, mais parce que j'ai ouvert la porte. Je la pousse tout doucement…

Avant d'entrer dans la piaule, je jette un dernier coup d'œil dans la chambre voisine. Ljuna n'y est plus. Elle est dans le couloir à dix centimètres de ma poire, toutes griffes dehors, complètement nue ; brune et blonde effectivement, en train de se jeter sur moi. Je n'ai même pas le temps de relever mon arme, elle m'attrape le bras droit et me serre la gorge tout en me jetant à la renverse.

— Andreï ! hurle-t-elle.

Bien fait de l'assommer celui-là !

Le choc est plus que rude. Ma tête a frappé le sol et la tigresse est tombée de tout son poids sur ma gorge. Le revolver a été projeté hors d'atteinte. La douleur est insupportable. Mes bras ont saisi les siens, mais à califourchon sur moi, j'ai beau me débattre, son étreinte est la plus forte.

De ses mains, Ljuna accentue inexorablement sa

pression sur ma gorge. J'étouffe. Son parfum sera l'odeur de ma mort…

Au bout du couloir, j'ai l'impression de voir Béatrice. Elle est là debout, calme. C'est foutu, je suis en train de partir, je délire, j'hallucine : je me fais mon petit film juste avant de calancher. Mon happy end. Ma Béa qui me reviendrait toute à moi, lavée de tout péché, droite et digne, juste à temps pour me sauver la vie. Tiens, dans le mille ! Elle tient un flingue dans ses mains…

C'est bien ce que je disais, j'élucubre. C'est pas possible autrement. Ce serait trop beau… Franchement. Béatrice ? Dans ce couloir ? Comment auraitelle pu arriver jusque-là ?

*

* *

Il y a donc une vie après la mort. J'en veux pour preuve que lorsque j'émerge, tout doucement, de mon assassinat, je suis dans une grande salle toute blanche.

En revanche, la rupture avec la vraie vie n'est pas aussi nette qu'on veut bien le croire. J'ai encore la sensation de la douleur que Ljuna Lens m'a infligée en me sautant dessus. Une douleur intense dans le dos et la tête, plus une sensation d'étranglement permanente qui fait que je suis incapable d'émettre un son. J'ai beau essayer d'appeler, seul un souffle lourd sort de ma bouche.

En fait d'au-delà, je réalise assez vite que je suis dans une chambre d'hôpital. Le tuyau qui sort de mon cou et par lequel je sens de l'air circuler, m'interdit de croire plus longtemps au Grand Passage.

Ma fille ? Si je suis là, c'est que les flics ont fini par arriver… Mais est-ce qu'ils ont trouvé Emmanuelle ?

Il faut que je sache. J'essaie d'appeler… ma gorge me fait trop mal…

C'est là que je tombe sur le numéro de la chambre : le 202 !

Je tourne la tête sur ma gauche à la recherche du bitoniot qui permet de sonner les infirmières.

Il est à droite.

J'appuie.

Après un court instant, j'entends des pas dans le couloir. Une infirmière ouvre la porte, dans la pénombre de la chambre, elle entre et me demande si ça va. Tout en lui faisant signe que oui, je vise le badge qu'elle arbore sur sa forte poitrine : « *Marise, Aide Soignante, Hôpital Laënnec* » !

Je n'ai pas le temps de lui demander si elle a des nouvelles de ma fille :

— Il y a des personnes qui veulent vous voir, je vais leur dire que vous êtes réveillé.

Elle sort de la chambre aussi sec.

J'ai l'impression qu'on évolue dans deux dimensions différentes. Moi au ralenti. Elle, en accéléré.

La porte est restée ouverte après elle.

J'attends un long moment. Puis j'entends de nouveau des pas dans le couloir.

— Monsieur Le Noac'h ? Police Nationale. Je suis l'inspecteur Colin, j'ai quelques questions à vous poser.

XI

Juin.

« *Extraits du journal personnel de Serge Le Moal. Pièce à conviction n°13.*

14 novembre.

Tout le monde me prend pour un con ! Elle surtout ! Ljuna me manipule, je m'en rends bien compte mais je m'en fous ! Dussé-je en crever ! En fait, j'en vis ! Elle a beau me mener en bateau, je feins de ne rien voir.

J'en rajoute même, comme ça elle se montre encore plus vicieuse. Elle s'imagine que je ne comprends pas tous ses sous-entendus. Elle me parle comme à un gamin qu'elle allumerait ! Je feins la balourdise, je joue l'idiot, je continue d'être le lourdaud qu'elle a connu et déniaisé, il y a un an ! Et finalement ça marche, car alors elle finit par se donner ! Je fais semblant d'être son jouet ! Je m'en fous du moment que je la baise et que je la peins ! Qu'elle me considère comme le dernier des nigauds et des crétins m'est indifférent du moment qu'elle m'ouvre ses cuisses ! Ce qu'elle finit toujours par faire d'ailleurs. Il faut bien préserver la poule aux œufs d'or ! Je la prends en lui sortant des niaiseries. « Oh, Ljuna que me faites vous faire ? Si votre mari nous voyait ! » Ça la rassure et elle n'y voit pas malice !

Comme si je ne savais pas que je la dégoûte et que son fumier de mari s'en fout plein les poche grâce à mes copies. Mais c'est à ce prix que le jeu continue. Si je leur balançais que je vois clair dans leur trafic depuis longtemps, je sais qu'ils se débarrasseraient de moi.

Cette pute me crame, mais je m'en fous ! Je n'ai pas peur de la mort. Juste peur de ne plus pouvoir baiser Ljuna, la reine des salopes. J'aime qu'elle se laisse prendre alors que je la rebute. La savoir aussi pute m'excite. Tout comme le fait qu'elle pense me rouler… Elle peut bien me prendre une part de mon fric, ça m'est bien égal. Je profite de sa vénalité.

Les soirs de paye, on joue à notre petit jeu : elle me donne mon enveloppe et je joue le naïf… « et si je mets un billet, là, Ljuna qu'est-ce que tu enlèves ? » Elle me plume, mais je la baise. Plus encore ces soirs-là ! Je tombe dans ses griffes, mais contrairement à ce qu'elle croit, j'en suis conscient ! Comme si je n'avais pas compris que la rétribution qu'elle me donne ne correspond pas au vingtième de ce qu'Ilioukine, Lens et elle ont déjà perçu. Je jouis encore plus de savoir que Ljuna peut s'abaisser pour récupérer quelques piécettes supplémentaires.

Quelle pute à la vérité ! Mais quelle femme aussi ! Et quels projets grâce à elle depuis un an ! Toutes ces toiles exposées en lieu et place de leurs originaux, son idée à elle, il faut bien le reconnaître ! Mon bonheur est là ! Qu'étais-je avant de la connaître ? Rien. Un minable. Maintenant je peins des toiles de maîtres et personne ne s'en rend compte. Mon talent est de passer inaperçu. Watteau, Riffke... C'est comme avec Ljuna. Au début je pensais qu'elle m'aimait réellement, qu'elle trompait son mari parce qu'elle aimait mon talent... Quel imbécile ! C'est une histoire sans sentiments.

18 novembre.

Ilioukine est venu m'exposer son projet de réaliser une copie du Marché aux fleurs de Gaüser. Lui j'ai du mal à le laisser me prendre pour un con. D'autant que je sais qu'il baise aussi Ljuna. Je le sens. Ce dont Lens n'est peut-être pas au courant, lui. Pas si con Le Moal !

Gaüser. Le projet m'intéresse. La toile date des années 1790, mais déjà son "expressionnisme" la situe en avance sur son temps.

Je ne fais plus, depuis, que contempler ses peintures, plus que penser à son Marché aux fleurs. Je m'imprègne. Je laisse monter le désir de peindre la toile. Quand celui-ci sera trop fort… alors je pourrais la reproduire. Ljuna me pousse à commencer le travail dès maintenant. Elle ne comprend pas qu'il me faut du temps. Du temps pour me remplir de mon sujet. Je suis comme une éponge, j'absorbe puis je recrache. Je ne peux pas copier une toile tant que je ne "vois" pas comment son auteur l'a créée. Dans ma main, le pinceau doit retrouver naturellement son chemin sur la toile, le même que celui qu'il avait parcouru dans les mains du maître.

Je ne cherche pas la copie conforme mais "l'œuvre elle-même".

Le Moal est un possédé.

21 Novembre.

J'ai peint Ljuna dans la pose de La Dame d'Utrecht. Pour m'entraîner. Un de ces rares nus. J'en ai profité ! Elle ne voulait pas. « Sergueï cesse de me regarder comme un enfant qui réclame une sucette… Continue de me désirer, cela exacerbe ton talent… », mais quand je lui ai dit que cela m'aiderait à mieux comprendre le trait de Gaüser, elle s'est laissé peindre et prendre.

Juste après, je l'ai peinte dans la pose de L'Origine du monde. Tout comme je l'avais déjà peinte dans la pose d'Après le bain de Renoir, de La Baigneuse d'Ingres, de La Toilette d'Esther… Ces œuvres-là sont les miennes. Je les garde.

La Dame d'Utrecht m'a permis de me rendre compte que je ne suis pas prêt. Trop de zones d'ombre encore. Gaüser a un sens des proportions unique et je n'y suis pas. Les mains surtout. Ljuna me dit que ça n'a aucune importance puisque dans Le Marché il n'y a pas de mains... Elle ne réalise pas que cela signifie que je ne suis pas encore en mesure de me mettre dans la peau de Gaüser. Elle ne me fera pas refaire le coup du Rendez-vous des Muses qu'elle m'a fait réaliser trop rapidement.

28 novembre.

Ça y est ! Le Marché est peint ! Je contemple mon œuvre, je suis à bout de forces, médusé... J'y ai passé quatre heures, quatre heures de pure folie ! La toile est là. Une sorte d'envoûtement. Pas besoin de contre-expertise avec la photo fournie par Ilioukine. Je sais que les deux sont identiques. (...)

24 janvier - 20 heures 25.

J'attends Ljuna. Elle doit m'annoncer notre nouvelle commande. Et m'apporter ma part pour Le Marché aux fleurs... Encore un nouveau défi ! Quel artiste vais-je devoir faire revivre cette fois encore ? Quelle œuvre vais-je devoir faire renaître ? Ljuna m'a promis une grosse surprise... Laquelle ? Elle avait sa voix lubrique. Je guette son arrivée par la fenêtre de mon atelier. Je ne veux pas qu'elle me surprenne en train d'écrire mon journal. Cela mettrait fin au jeu. J'ai pris l'habitude de le ranger dans la lame mobile du plancher…

Putain ! Je viens de la voir se garer dans la rue, elle est accompagnée de cette grosse brute d'Andreï ! Que vient-il faire là celui-là ? »

*

*   *

— Nous sommes convaincus que Serge Le Moal a écrit ces lignes quelques minutes avant sa mort et nous soupçonnons cet Andreï Kolsakov de l'avoir tué.

Drôles de retrouvailles pour Béa et moi. On est là, flanqués de nos avocats commissionnés d'office, face à la juge, sommés de lui expliquer comment on a pu en arriver là.

Tous les deux en garde à vue depuis trois jours, on ne s'est pas revus depuis que Béa m'a sauvé la vie.

— Nous savons, depuis, que Martial Lens était bel et bien mêlé à ce trafic de faux tableaux, complète la juge, contrairement à ce qu'en disait Serge Le Moal dans son journal. Lui et sa femme empochaient même la quasi-totalité des bénéfices puisque la part qui revenait à Serge Le Moal était "détournée" par Ljuna à son profit. Le faussaire n'héritait donc que de quelques miettes. Par ailleurs, nous avons analysé les cendres retrouvées dans la cheminée des Lens. Des résidus de pigments et de toile de lin nous laissent penser que toutes les toiles de madame Lens peintes par Le Moal y ont été brûlées. Afin qu'on ne puisse pas faire le lien entre lui et Ljuna Lens certainement. Le journal de Serge Le Moal nous a permis de procéder à l'arrestation d'Igor Ilioukine. Commissaire adjoint de l'exposition itinérante Les peintres de l'avant-garde russe. Et celui-ci a avoué. Cet ancien amant de Ljuna a reconnu qu'il était le complice des époux Lens avec lesquels il avait organisé ce trafic de faux tableaux. Évidemment, il charge les Lens. Enfin. Quant à votre fille, elle a expliqué les circonstances de son enlèvement. Cela confirme le reste. Convoquée dans le bureau de monsieur Lens pour avoir fouillé dans les affaires d'un professeur, elle a paniqué et révélé qu'elle savait des choses sur la mort de Serge Le Moal. Lens l'a "évanouie", enlevée, puis séquestrée, comme vous le savez. Par ailleurs, conformément à vos dires, monsieur Le Noac'h, le lendemain de votre arrestation chez les Lens, un homme s'est effectivement rendu sur les lieux et a été appréhendé par la police lorsqu'il pénétrait dans la maison. Il était recherché par la police ukrainienne pour pédopornographie. La partie concernant monsieur Le Noac'h est donc assez claire, semble corroborer ses dires et nous permet d'accepter la légitime défense. Mais vous, madame Le Noac'h, comment êtes-vous arrivée chez les Lens ce soir du 25 mai ? Puisque votre mari ne vous avait pas mis au courant de son enquête !

— En fait, je l'ai déjà expliqué aux policiers... Ce sont les vestes Kenzo qui m'ont mis la puce à l'oreille. C'est cher ces vestes-là, vous savez. Ça m'intriguait que madame Guirriec ait pu en acheter trois, alors j'ai cherché à savoir où elle avait pu les avoir. J'ai appris qu'il n'y avait qu'un seul endroit où on pouvait s'en procurer dans le coin : un magasin à Quimper, rue Kéreon. Je m'y suis rendue et effectivement j'ai constaté qu'on y vendait bien les mêmes vestes que celles de la petite Marie Guirriec... 245 euros pièce ! Une exclusivité du magasin, m'a assuré la vendeuse. Par la suite, je me suis rendue sur le site Internet de Kenzo et j'ai remarqué que les vestes en question étaient en principe réservées au marché américain. Ça m'a paru bizarre que, dans ces conditions, elles soient vendues à Quimper, mais bon, après j'ai laissé tomber cette histoire, je ne m'y suis plus intéressée...

— Ah oui et pourquoi ? interroge la juge.

— Euh... Parce que je n'avais plus la tête à ça...

Mon cul, plus la tête à ça ! C'est parce qu'elle avait rencontré Jean-Louis oui. Voilà pourquoi ! Autre chose à faire qu'à jouer les Miss Marple ! M'étonnerait qu'elle le dise au juge...

Je ne dis rien non plus, ce n'est pas la peine de jeter

de l'huile sur le feu. D'autant que je ne sais toujours pas comment Béa est arrivée pile pour me sauver la vie…

— Bref… Un jour, dans la salle d'attente de mon acupuncteur, dans une revue, je suis tombée par hasard sur un dossier spécial sur la contrefaçon. On y expliquait que toutes les grandes marques délocalisent leurs unités de fabrication dans les pays du tiers monde. Or, ce qu'il se passe souvent, c'est que la contrefaçon a lieu dans ces mêmes usines. Les patrons locaux, au lieu de fabriquer par exemple 10 000 vestes Kenzo en font fabriquer 15 000. 10 000 pour la marque, 5000 pour la contrebande. Ce sont de vrais faux produits, impossible de les différencier des vrais. Ils sont écoulés ensuite sur le marché parallèle, mais pas toujours. Parfois, ils sont vendus en magasin, ainsi les commerçants réalisent des marges plus importantes.

— Et quel rapport avec monsieur Guirriec ?

— Monsieur Guirriec était douanier, ça se tenait. Puisque ces vestes en principe prévues pour le marché américain se retrouvaient dans ce magasin de Quimper et sur le dos de la petite Marie, fille de douanier, j'ai établi un lien. Je n'étais sûre de rien, mais je me suis dit que, peut-être, il avait pu ponctionner deux ou trois vestes, comme ça, en douce sur la quantité prévue pour le magasin de Quimper, suite à une perquisition ; à moins qu'il ait été carrément complice du magasin… Vous savez comment ça se passe… Les douaniers parfois…

— Oui… Bon… Mais votre présence au domicile des Lens, madame Le Noac'h ? Comment y êtes-vous arrivée le jour où votre mari s'y trouvait ?

— Oui, justement, c'est pour ça que je me trouvais devant la maison des Lens le 25 mai. J'avais appris quelques jours plus tôt que le magasin Kenzo de Quimper était tenu par madame Lens, qu'elle en était la propriétaire. Ce qui a confirmé mes doutes, sitôt entrée dans ce magasin, c'est le parfum très fort que j'avais déjà senti sur le collègue de monsieur Guirriec. Le soir du 25 mai, j'étais donc garée devant son domicile, “en planque”, au cas où j'aurais remarqué quelque chose de suspect, parce qu'en fait je soupçonnais madame Lens de vendre des vestes Kenzo de contrefaçon au prix de vraies vestes Kenzo dans son magasin. Et c'est là que j'ai vu mon mari arriver et courir à toute allure vers l'arrière de la propriété. Je n'en ai pas cru mes yeux ! Je l'ai suivi. Je l'ai vu passer par-dessus le grillage, puis à travers la haie. Comme il avait l'air de se méfier, je n'ai pas voulu crier… Je suis entrée à mon tour dans la propriété, puis dans le garage. Je commençais à me demander ce que je faisais là, quand j'ai entendu des cris à l'étage dans la maison. Je suis montée à toute allure. J'ai vu un type évanoui dans le living et, à l'étage, mon mari au sol, une femme sur lui en train de l'étrangler. Il était tout violet, j'ai cru qu'il allait se faire tuer, j'ai tiré sur madame Lens au moment où elle allait s'emparer d'un revolver qui se trouvait par terre…

— Et où aviez-vous trouvé l'arme ?

— Je l'ai déjà dit aux policiers : dans le salon, au rez-de-chaussée, le type assommé sur un canapé, une arme dépassait de son blouson. Quand j'ai entendu les cris à l'étage, je m'en suis emparé et je suis montée…

— Vous ne saviez pas que votre fille était retenue prisonnière à l'étage ?

— Non. J'essayai de ranimer mon mari. Je pensais qu'il était mort. J'allais appeler du secours, quand un policier est monté. Il m'a braqué avec son arme, m'a demandé si c'était moi qui avait tiré sur la femme, j'ai dit que oui, alors il m'a emmenée en bas, m'a dit de me calmer, m'a dit que mon mari était vivant, qu'il fallait tout lui expliquer, que l'ambulance arrivait. Il y avait des policiers partout, à ce moment-là. Ce n'est que dix minutes plus tard, quand les ambulanciers sont redescendus que j'ai vu ma fille allongée sur un brancard ! Je ne m'attendais pas à ça ! J'ai crié de surprise… Les policiers ne comprenaient pas non plus… « C'est votre fille ? » Ils m'ont demandé si on était chez nous !

Là, j'avoue que je comprends la surprise des policiers. Tu parles d'une bouillabaisse ! Le père, la mère et la fille au même endroit sans qu'aucun des trois ne sache que les autres sont là, c'est un peu gros à avaler. Ça fait un peu V^{e} acte des comédies de Molière :

« – Vous ici, mon cher père ? Comment, vous ne mourûtes point lors de ce naufrage qui me sépara de toute ma famille ?

— Mais non, ma fille. Et voici votre mère que je reconnus lorsque je la vis ce matin sur le port grâce à cet anneau que je lui donnai en gage de ma fidélité, il y a plus de vingt ans… Quoi ! Ma mère vivante, elle aussi ? »

Tu parles d'un final ! Faut avoir une solide croyance dans le destin pour avaler un truc pareil.

C'est à ce moment-là que les plaideurs s'en mêlent.

— Je me permets de signaler que les charges qui pèsent contre les victimes sont plus lourdes que celles qui pèsent contre nos clients, madame la juge. Leur bonne foi n'est plus à mettre en doute. J'ajouterai pour compléter qu'ils ont agi en état de légitime défense, mettant fin aux agissements d'une bande de dangereux criminels : Assassinat, enlèvement et séquestration de mineurs de moins de quinze ans, trafic de faux tableaux… Tous ces faits ont été établis par les services de police pendant la garde à vue de nos clients.

— Je ne mets pas en doute la bonne foi de vos clients, Messieurs, mais simplement la culpabilité de monsieur et madame Lens dans cette hypothétique contrebande de vestes de contrefaçon. Tant qu'elle n'est pas prouvée, les explications de Madame sur les raisons de sa présence chez les Lens ne sont pas convaincantes ! Que monsieur Le Noac'h soit arrivé là, comme il nous l'a dit, je veux bien. Puisque nous avons trouvé sur son chemin le cadavre de monsieur Lens ! Ça corrobore. En revanche, en ce qui concerne Madame… Par ailleurs, j'aimerais savoir comment une photo de la classe de madame Le Noac'h a pu se retrouver dans les papiers de monsieur et madame Lens… Photo sur laquelle vous figurez avec vos élèves, Madame.

— Nous n'avons pas eu connaissance de ces éléments ! Ils ne sont pas versés au dossier, s'insurge mon avocat.

— Ils ne pouvaient pas l'être, la police les a découverts pendant le transfert de monsieur et madame Le Noac'h vers mon bureau. Les voici.

Et la juge de remettre à chacun des avocats une enveloppe contenant une photocopie de la photo de la classe de Béatrice.

— Alors Madame ? Pouvez-vous nous expliquer la raison pour laquelle cette photo se trouvait chez monsieur et madame Lens ?

Béatrice est perplexe. Qu'est-ce que sa photo de classe pouvait bien foutre dans les documents des Lens ?

Avaient-ils prévu de l'enlever, ces salauds… ?

— Ça y est, j'y suis ! J'ai compris, tonne-t-elle soudain, le voilà votre lien ! L'élément qui prouve que monsieur et madame Lens sont liés à l'assassinat de monsieur Guirriec ! J'aurais dû m'en douter rien qu'en sentant le parfum qui flottait dans la maison des Lens ! Le même parfum qui imprégnait les vêtements du faux douanier !

— Magie Noire de Lancôme ? dis-je.

Béa est debout, face au juge bras tendus. Elle sourit. On dirait qu'elle vient de mettre un but ! Les deux avocats en ont fait tomber leurs papiers par terre. Celui de Béa se lève et essaye de la forcer à se rasseoir :

— Faites attention à ce que vous allez dire, madame Le Noac'h, vos propos peuvent être lourds de conséquences. Expliquez-moi d'abord ce que vous pensez avoir compris, je vous rappelle que les charges qui…

— Mais non, mais non, il n'y a pas de problème, au contraire, j'ai tout compris ! Écoutez ça : le jour où monsieur Guirriec s'est fait renverser devant l'école en septembre dernier, il avait oublié une pochette. Cette pochette, quand je m'en suis rendu compte, je l'ai mise de côté en attendant de la rendre à sa femme. Sauf que c'est un de ses collègues qui est venu la rechercher quelques jours plus tard. Enfin, je pensais que c'était un de ses collègues, en fait, ça devait être un complice des Lens. Mais bon, le problème n'est pas là, le truc c'est que monsieur Guirriec ce jour-là m'avait aussi remis une enveloppe kraft. Une enveloppe qui contenait la photo de classe de sa fille. Il me l'avait rendue parce que lui et sa femme avaient décidé de ne pas l'acheter. Elle ne leur plaisait pas. Or, je suis sûre que c'est cette photo qui s'est retrouvée dans les affaires des Lens. Et voici comment : monsieur Guirriec a dû se tromper ce jour-là : il a dû intervertir la photo de la classe de sa fille avec ses documents personnels et mettre la photo de classe dans sa pochette et ses documents à lui, dans l'enveloppe kraft ! Du coup, quand le faux douanier est venu me redemander « une pochette oubliée par son collègue », je lui ai, en fait, remis la photo de classe ! Celle que vos enquêteurs ont retrouvée chez les Lens ! Ce qui veut dire que les papiers que recherchaient les Lens doivent toujours être dans l'enveloppe aux photos. Laquelle se trouve, elle, encore dans *ma* classe ! Vous n'avez qu'à téléphoner à la directrice, madame Flûte, elle vous dira. Et vous n'avez qu'à demander aux policiers de vérifier les empreintes, je suis sûre qu'il y a celles de monsieur Guirriec sur la photo de classe retrouvée chez les Lens ! J'en suis sûre !

Bien vu Béa ! Jolie démonstration ! C'est dans les coups comme ça qu'on reconnaît les enseignants. Concision, précision, logique de l'exposé. Imparable.

Allez hop ! Au labo les photos et au trot encore, qu'on sorte d'ici.

La tronche de la juge… Je la vois qui gamberge à ce que vient de lui dire Béatrice… Qu'est-ce qu'elle attend pour faire le 17, Madame la juge ? Faut prévenir Police Secours, envoyer toutes les unités disponibles à l'école de Tréméoc, l'école de madame Flûte : « nous recherchons des indices de première importance concernant deux innocents injustement soupçonnés, appel à toutes les voitures… »

— Nous verrons… J'attends effectivement les résultas du laboratoire concernant les empreintes présentes sur la photo. Je vais demander aussi à la gendarmerie de se rendre dans la classe de madame Le Noac'h pour vérifier l'existence de cette enveloppe. En attendant le résultat de ces compléments d'enquête, je vous prierai d'accompagner vos clients dans le couloir. Dans une heure au plus, nous devrions être fixés.

La juge nous raccompagne jusqu'à la porte de son bureau. Aussitôt dans le couloir, les flics en tenue qui nous avaient "accompagnés" jusque-là se pointent avec chacun une paire de menottes.

— Ce ne sera pas nécessaire. En revanche, veillez à ce qu'ils ne se parlent pas dans le couloir.

Entre le mur et la nuque de mon policier, légèrement penché vers l'avant, j'arrive à voir un petit bout de la tête de Béatrice. Son cerbère est allé se placer avec elle sur le même banc, dix mètres plus loin. Le problème c'est qu'entre nous, il y a trois policiers, trois avocats et trois gaillards menottés avec des tronches telles que c'est bon pour Béa et moi, parce qu'à côté de ces gredins-là, ça se voit tout de suite qu'on est innocent, sauf que justement on ne se voit plus Béa et moi à cause des gaillards en question.

Nos deux avocats discutent dix mètres plus loin, entre eux, conciliabule juridique. Ils complotent pour nous tirer de là, à moins qu'ils causent du dernier modèle BMW. Au début, ils étaient assis à côté de nous, mais au bout de cinq minutes, ils se sont levés et sont allés papoter plaidoirie à l'écart.

Ça traîne en longueur, le supplément d'enquête de Madame la juge. On poireaute. C'est bien dans un sens, c'est pas de la justice expéditive : aux States ce serait déjà réglé, on aurait droit à la piqûre létale dans le derche avant la conclusion de l'enquête ; il vaut mieux condamner un innocent que de laisser un coupable courir en liberté. En France, c'est l'inverse. La justice se fait attendre. Quand la condamnation tombe : un an ferme, t'as déjà fait deux ans de préventive !

Poireauter comme ça me rappelle les belles années, la fac, quand on attendait les résultats des examens. Anxieux dans les couloirs, jusqu'à ce que l'appariteur affiche les reçus.

Là, je préférerais ne pas être reçu.

Si je pouvais même être renvoyé définitivement de l'établissement, ça m'arrangerait… J'ai envie de revoir mes filles… d'embrasser ma femme, si elle veut encore de moi, ce qui n'est pas gagné après tout…

Je n'ai aucune idée de la façon dont Béa va prendre ça.

— Monsieur et madame Le Noac'h !

C'est la juge qui nous appelle. Je suis debout avant mon gardien, quand j'entre dans le bureau, le flic est à peine levé. Béatrice, elle, est en deuxième position à quelques secondes. On est assis avant même que les avocats entrent dans la pièce. Je ne demande pas à la juge de commencer sans eux… mais presque. Pas besoin d'avocat, on est innocents. Fermez pas la porte, on s'en va tout de suite.

— Asseyez-vous, Messieurs, vos clients vous attendent !

Elle se gausse, la juge. Ça l'amuse visiblement de nous voir entrer là-dedans sans tenir compte du cérémonial. Tant que c'est au détriment de nos avocats toujours, s'agirait tout de même pas de lui filer une tape dans le dos à la magistrate, lui demander où elle compte passer ses vacances… la tutoyer, voire. Ça la ferait moins sourire, j'imagine. Mais bon tant que c'est de la fiole des avocats dont il est question…

Une fois qu'on est tous assis, la juge prend le temps de remettre ses stylos dans leur timbale, ranger sa gomme, aligner ses papiers, fermer un tiroir… histoire de montrer que c'est elle qui donne les cartes et qu'on n'a qu'à bien se tenir. Ensuite de quoi, elle condescend à nous fixer sur notre sort.

— Bon... Tout d'abord, Maître Lerun, Maître Côme... on vient de me faire parvenir les résultats des analyses d'empreintes du laboratoire de la police scientifique...

Les bonnes vieilles habitudes reprennent vite le dessus. Chassez le naturel... c'est de nous dont il est question mais c'est à maître Lerun et maître Côme qu'elle s'adresse, l'édile. Infantilisés pire qu'à l'école. Tout ça donne le sentiment qu'ils vont régler la question entre eux, entre gens avertis. Nous les accusés, on risque nos têtes mais on compte pour du beurre. Presque l'impression de déranger. J'interprète ça positif, cela dit... Si elle devait nous annoncer qu'elle va nous inculper, « emballez-moi ça au dépôt », comme dans les films, c'est là qu'elle se serait adressée à nous directement, le plaisir sadique de nous proclamer dans la poire qu'on va se retrouver en cabane. Tandis que pour nous dire qu'on va pouvoir sortir, pas de quoi jouir, c'est là au contraire qu'elle expédie ça par-dessus nos têtes... À voir...

— Les empreintes de monsieur Guirriec figurent bien sur la photo de classe retrouvée chez les Lens, ce qui corrobore les dires de madame Le Noac'h.

Hip hip hip... Je me contrôle pour ne pas regarder Béa, mais j'ai du mal, j'attends la suite. Ça peut se gâter.

Si ça se trouve le coup des empreintes c'est juste du miel pour se chauffer la voix, c'est maintenant que ça va chabler.

— D'autre part, je viens de recevoir par fax les copies des documents qui se trouvaient dans l'enveloppe kraft de la classe de votre cliente, Maître Lerun. Les voici. Ce sont des photos aussi. Elles seront versées au dossier d'instruction, vous pouvez en avoir connaissance.

Je bigle au-dessus de l'épaule de mon avocat, c'est limite s'il me laisse voir, comme si ça ne me concernait pas ou que j'étais trop con pour comprendre. Ce sont des photos noir et blanc, des vues prises de nuit à l'objectif infrarouge, de loin et en cachette. Technique paparazzi. Il y en a toute une série.

On voit deux bateaux accostés en pleine mer. A bord de l'un des deux, un homme est penché pardessus bord et hisse une caisse sur le pont. Sur la suivante, la manœuvre continue, sauf qu'il y a plusieurs caisses à bord du bateau. La troisième est prise en plan moyen, le photographe a zoomé au maximum. On aperçoit distinctement trois personnages : celui qui récupérait les caisses à l'eau n'est autre qu'Andreï, celui qui se tient à l'arrière, face à l'objectif, sourire Colgate, comme s'il se savait filmé, c'est Lens et enfin sur le pont du bateau de gauche, accoudé au bastingage, de trois quarts profil, reconnaissable lui aussi : Marcel le Naour.

*
* *

C'est beau la liberté ! Cela dit on ne risque pas d'en profiter beaucoup : interdiction de sortir du territoire, du département même. Des mesures qui pourraient s'assouplir du fait que, depuis deux semaines, les révélations sur les époux Lens s'accumulent. Des pages entières dans le *Télégramme* ! Des reportages spéciaux sur France 3. Si ça continue comme ça, non seulement on nous laissera sortir du territoire autant qu'on voudra, mais on va même finir par nous offrir des billets d'avion en récompense pour avoir débarrassé la Bretagne d'une telle engeance. Ça va finir qu'on va nous décerner les palmes académiques, le mérite agricole, la médaille du mérite international, voire. Même la maffia russe n'en voulait plus, à ce qu'il paraît. Ils cumulaient tellement de trafics qu'ils commençaient à devenir trop voyants, les époux Lens. En voilà encore à qui on a rendu service : Béa et moi on leur a économisé le tueur à gages.

Un qui ne s'est pas plaint non plus, c'est le proviseur du lycée. Depuis la mort de Lens, il est devenu grâce à ça directeur de la cité scolaire Ker Mor, à savoir le collège et le lycée réunis, promotion qu'il n'a pas cherché à refuser, bien sûr. N'empêche, flinguer mon principal, ça va quand même me faire un drôle de pedigree au rectorat : si je ne me retrouve pas sur l'île de Sein à la rentrée prochaine avec tout ça…

Emmanuelle, elle, est toujours au collège, en parfaite santé. Elle est devenue une véritable star, Rue des Écoles. Il faut dire que l'affaire Le Moal a fait beaucoup de bruit. Après notre sortie de chez la juge, on a eu droit à la visite de toutes les télés, toutes les radios, tous les journaux.

Tout le monde voulait connaître ceux qui avaient réussi à démasquer le gang de trafiquants de tableaux et permis de révéler l'assassinat de Serge Le Moal et de Martial Guirriec.

Et surtout celle qui, du haut de ses douze ans, avait tout découvert en premier. Béa, Manu et moi, on a eu droit au dossier spécial du *Télégramme*, au supplément d'*Ouest-France*, j'en passe et des meilleures, jusqu'à ce que Béa mette le holà. Elle t'a foutu tout le monde dehors un midi, en direct au journal télévisé de TF1, juste après notre retour d'une audience chez le juge.

— Allez dehors, on vous assez vus, vous savez tout ce qu'il y a à savoir. Pour le reste, vous n'avez qu'à faire comme d'habitude, affabuler, exagérer, amplifier, mentir, inventer… Vous faites ça très bien. Mon mari a besoin de repos, ma fille a ses devoirs à faire et mes autres enfants ont besoin de calme.

Ils ont bien essayé de revenir à la charge, mais Béa les a boutés systématique avec des petites phrases assassines qu'aucune rédaction n'aurait voulu devoir diffuser en direct.

— Ça vous a pas suffi le petit Grégory, vous voulez bisser ?

En direct, ça la fout mal.

— Vous êtes nombreux là, pourquoi vous n'allez pas en Tchétchènie ? Ils manquent de journalistes. Là-bas, les mômes aussi sont des héros, ils sont encore capables de se lever le matin !

Ou quand ils étaient tous réunis autour de nous, les micros tendus :

— Bon, allez, dites-moi, sincèrement, il y en a combien parmi vous là qui sont vraiment journalistes ? Combien d'entre vous travaillent à la pige, autant dire à la tâche ? Combien ont un contrat d'intermittent du spectacle pour faire ce que vous faites ? Pourquoi vos rédactions précarisent à ce point vos conditions de travail ? C'est pour vous avoir plus facilement à leur botte ?

À la fin, ils nous fuyaient même les journaleux, par peur de la bavure.

Comme ces acharnés continuaient quand même de filmer la maison, Béa a tendu un drap par la fenêtre avec une inscription qui les a tous fait remballer leur matériel comme un seul homme.

« 67 % des français déclarent ne pas avoir confiance dans les informations à la télévision. Sondage Ipsos / Le Point. »

Pour faire le vide, elle s'y entend, Béatrice. La paix royale qu'on a eue après ça !

Cela dit, ne crachons pas trop sur les médias, la presse nous a tout de même été utile. Les découvertes des journalistes sur l'instruction, nonobstant son secret de polichinelle, nous blanchissaient au fil des éditions en multipliant les révélations sur les Lens.

Martial Guirriec, dans un moment de faiblesse, avait accepté un pot-de-vin de la part d'un lieutenant de Lens qui s'occupait d'importer en Europe des vêtements de contrefaçon. Ljuna et Martial Lens l'avaient ensuite fait chanter en l'obligeant à fermer les yeux sur leurs activités, faute de quoi ils se seraient vus dans l'obligation de montrer aux supérieurs de Martial Guirriec, un enregistrement vidéo sur lequel on le voyait accepter "une enveloppe". Piégé, il dut alors se résoudre à collaborer, gratuitement. Afin de s'en sortir, il avait décidé de monter un dossier contre les Lens pour pouvoir mettre fin au chantage dont il était victime. Œil pour œil. Sachant que Lens devait réceptionner une grosse cargaison de contrebande, il avait suivi Marcel Le Naour qu'il savait être un complice des Lens et les avait pris en photo au moment où ils chargeaient les caisses à bord de son bateau. Les Lens le firent assassiner comme l'on sait, avant que Guirriec ait pu les coincer.

Tout comme Luc Fourrier que Kolsakov "suicida" dans les marais de Léchiagat, parce qu'il était sur le point de démasquer Serge Le Moal. Après avoir découvert un faux Watteau dans son musée, il avait établi la complicité d'Ilioukine en tant que commissaire de l'exposition sur l'avant-garde russe. Ce qui l'avait conduit jusqu'à Ljuna Lens, laquelle l'avait conduit jusqu'à Serge Le Moal… Son supérieur, le conservateur principal du musée d'Amiens, interrogé à la télé, « regrettait qu'il ne l'ait pas mis au courant de ses découvertes, ce qui assurément aurait permis d'éviter la mort tragique d'un jeune adjoint si dynamique. »

Et d'éviter aussi beaucoup d'autres morts tragiques…

Marcel Le Naour, le plaisancier du dimanche à la petite semaine, récupérait en mer les cargaisons de vêtements contrefaits. C'était lui aussi qui blanchissait l'argent des Lens, lui qui convoyait les liasses de billets de 500 euros sur un compte ouvert à son nom à Guernesey.

Les paradis fiscaux ne sont pas tous au soleil. Lens le "tabarlysa" un soir, lors d'une de leurs expéditions nocturnes, quelques jours après que Martial Guirriec les eut photographiés, parce qu'il se révélait de plus en plus gourmand. Papy Le Naour rêvait d'un Sun Fast 43 des chantiers Jeanneau avec pont en teck et barre à roue en aluminium.

Quant à Andreï Kolsakov, le garde prétorien de Ljuna Lens, heureusement qu'il possédait une arme sur lui, parce que Madame la juge fut des plus difficiles à convaincre lorsque j'évoquai la légitime défense au sujet d'un guéridon en chêne, lancé de dos sur sa tronche, alors qu'il était assis, en train de regarder la télé ; ça ne cadrait pas tout à fait avec la définition du code pénal. Même en interprétant large. L'arme permit d'accréditer la thèse de la légitime défense, bien que je ne l'eusse pas vue au moment des faits, ce dont je me gardai de m'entretenir avec la magistrate.

Arme providentielle aussi, du fait qu'elle permit à mon épouse de s'en servir pour me sauver des griffes de Ljuna Lens. Béatrice eût-elle visé aussi juste, si Andreï avait possédé un de ces gigantesques calibres cinématographiques au lieu d'un petit Glock 22 long riffle semi-automatique, précis et léger ? Probablement pas.

*

*   *

— Quand est-ce que tu vas enlever cette minerve ?

— Bientôt, bientôt, mais tu sais avec les cervicales, il faut être prudent.

— Mais puisque les médecins t'ont dit que tu pouvais la retirer…

— Les médecins ? Tu parles, pour eux j'étais un criminel, ils m'ont soigné à la va-vite, pas le genre à se gratter pour un assassin… Je trouve qu'ils ont laissé les policiers m'interroger un peu tôt.

— T'as quand même gardé ta minerve deux semaines de plus que prévu ! Mais dis donc… Je ne te savais pas hypocondriaque, mon chéri… Pourtant avec tous les dangers que tu as bravés dans cette histoire… Tu dois avoir les reins solides…

— Ah, non ! Laisse-moi…

— Allez… Ne t'inquiète pas, ça va aller. Je te jure de ne pas t'embrasser dans le cou. Bon, tu l'auras voulu…

Sentant que ma résistance et mon obstination seront les plus fortes, Béatrice commence à se déshabiller juste devant moi, en me fixant droit dans les yeux. Le coup bas quoi.

Malgré la douleur et la fatigue, je sens ma volonté faiblir, d'autant qu'entre le moment où Béa m'avait laissé tomber et mon hospitalisation, ça commence à faire un bout, ça a été l'abstinence complète. La dernière fois c'était même avec Marine et elle avec son Jean Foutre ! Ça me fait bizarre de penser à ça.

Bref, Béa n'a pas encore fini d'ouvrir son chemisier que je suis déjà au garde-à-vous. Ni une ni deux, suivant en cela finalement l'avis de la faculté, je me débarrasse de ma minerve et je me jette sur ma femme.

Nous scellons ainsi nos retrouvailles ; comme il se doit entre deux êtres qui s'aiment finalement et dont les égarements ne sont dûs qu'à l'incorrigible insatiabilité humaine, laquelle nous pousse toujours à aller voir ailleurs, un peu plus loin, un peu plus haut, au risque de perdre celui ou celle pour lequel nous sommes faits.

Quant à mes vertèbres, je peux être rassuré à leur sujet, je dois les avoir solidement accrochées. Parce que, malgré ses promesses, Béa ne s'est pas contentée de m'embrasser dans le cou, elle s'y est aussi pendue.

De toute façon, ça ne pouvait finir que comme ça, ce dont nous avions besoin, Béa et moi, c'était de nous retrouver vraiment, physiquement, de laisser parler les corps, de vérifier qu'on était capables de retrouver notre chemin, instinctivement. Tout oublier pour s'oublier dans les bras l'un de l'autre.

Tout ceci se termine donc plutôt bien et la morale aussi est sauve, les enfants sont sains et saufs, la gentille femme a tué la méchante, le gentil mari a occis le mauvais. Je ne m'en plains pas, je constate seulement. Comme par hasard, seule la mort de Marine reste officiellement inexpliquée : comme si le crime de la jeune enseignante droguée par qui l'adultère arriva se devait de rester impuni. Justice est faite. La jeune droguée n'a eu que ce qu'elle méritait... Pas besoin d'assassin. L'a-t-on cherché ?

Un dealer qui trucide ses clients, ça n'existe pas. En revanche, ce serait bien dans la façon des Lens de couper la coke jusqu'à la rendre inconsommable, voire mortelle, juste avant de partir au soleil. Histoire d'augmenter le pactole.

Lens importait de la drogue, il en dealait une partie lui-même pour augmenter encore les bénéfices : quelques pions, quelques élèves du lycée, Marine. Mais « aucun indice matériel ne peut permettre de lui imputer la mort de mademoiselle Auregan », dixit la juge in *le Télégramme*.

L'allégorie de l'Injustice est une femme sublime et généreuse.

Pas encore le point final. En dépit des apparences. Bientôt. Je n'ai pas tout à fait terminé l'écriture de mon roman. Ça tient à un cheveu.

Le dépit des Apparences - Épilogue.

Tandis qu'il s'affairait dans son laboratoire, Xavier jeta un œil aux documents que lui avait fait parvenir Mathias, depuis un moment déjà, mais auxquels il n'avait jusqu'alors prêté aucune attention.

Il s'agissait de la liste, dressée par le musée du Caire, des objets précieux contenus dans les six sarcophages. Ceux que les défunts souhaitaient emporter avec eux dans l'au-delà. Xavier commença par la liste de la tombe d'Homentaab qui mentionnait divers bijoux dont "la médaille" qu'avait reçue l'architecte en remerciement pour ses services rendus à la cité de Melgha. Il parcourut ensuite le reste des documents, jusqu'à la liste des objets personnels contenus dans le 7e sarcophage, celui de l'usurpatrice, qu'il consulta attentivement. Il y avait là quatre vases canopes contenant des restes de viscères et divers objets précieux dont un collier en ambre, une statue d'Horus, et… sertie de part et d'autre par des anneaux d'or, afin que l'enchevêtrement des tresses ne s'effilochât pas, une natte de cheveux bruns, coupée net.

Quand mon roman sera publié, je le dédierai à Marine.

FIN